DREAMBOOKS

DREAMBOOKS

DREAMBOOKS★

DREAMBOOKS★

SHAN
ALTERION
HE DECIDED TO BECOME THE LAST DRAGON MAKER

신룡의 주인

태선 판타지 장편소설

FANTASYSTORY & ADVENTURE

1

dream books
드림북스

신룡의 주인 1

초판 1쇄 인쇄 / 2011년 9월 27일
초판 6쇄 발행 / 2017년 12월 8일

지은이 / 태선

발행인 / 오영배
책임편집 / 편집부
펴낸 곳 / (주)삼양출판사 · 드림북스

주소 / 서울특별시 강북구 도봉로 173
대표 전화 / 02-980-2112 팩스 / 02-983-0660
편집부 전화 / 02-980-2116 팩스 / 02-983-8201
블로그 / blog.naver.com/dreambookss

등록번호 / 제9-00046호
등록일자 / 1999년 3월 11일

값 8,000원

ISBN 978-89-542-4575-3 (04810) / 978-89-542-4574-6 (세트)

* 지은이와 협의하에 인지는 생략합니다.
* 잘못된 책은 구입한 곳에서 바꾸어 드립니다.

신룡의 주인
태선 판타지 장편소설
FANTASYSTORY & ADVENTURE
1
dream books
드림북스

신룡의
주인

Contents

Prologue

남색의 조그마한 알이 달칵거렸다.

탁자 위로 소년의 말똥거리는 눈동자가 솟아올랐다.

"이게 뭐죠?"

소년의 물음에 노인이 대답했다.

"용의 알이지, 그런데 이런 건 본 적이 없구나. 색깔도 감촉도 여느 것과 달라. 표면이 이렇게 단단한 것도 처음 보는구나."

"그걸 물어보는 게 아니잖아요."

"나도 모른다, 애야. 남해의 뇌룡들이나 북해의 빙룡들도 봐 왔지만 이런 건 처음이구나. 아니, 어쩌면 용의 계곡에 있다는 식인룡의 알일지도……."

알이 다시 달칵거렸다. 진동은 점점 더 커졌다. 소년이 이마를 찌푸리며 손가락으로 알을 꾹 눌렀다. 뜨거웠다. 마치 숯 무더기에 파묻어 놓기라도 한 듯 후끈후끈했다. 이윽고 알 표면이 흐물흐물해지기 시작했다.

노인이 말했다.

"이것 하나는 알겠구나."

"뭐죠?"

"이건 곧 깨어날 거란다."

소년의 얼굴에 호기심이 어렸다.

"언제요?"

"지금 당장!"

노인의 표정에 경악이 서렸다.

Chapter 1

소년, 입학하다

1.

알이 깨어난다는 말에 소년만이 아니라 집안사람 전체가 경악을 금치 못했다. 노인은 눈을 질끈 감았다. 이곳에서 유일한 용 전문가는 자신뿐이었다. 정신을 차리지 않으면 재앙이 일어난다.

야생 용의 알은 희귀하여 해룡이건 익룡이건 간에 모두 모성이 강하다. 그렇기에 알을 인간이 발견하는 경우는 극히 드물다.

사실 '알테리온 가문'이 알을 발견했다는 신고를 들었을 때는 혹시 가문의 힘으로 어미 용을 죽이고 강제로 빼앗은 게 아닐까 하고 학자는 진지하게 생각했다.

알테리온 저택의 대들보에는 새카만 나비가 양각되어 있다. 보통 그리핀이나 용, 사자 같은 것을 가문의 상징 문양으로 하는 걸 생각하면 나비는 상대적으로 연약한 느낌이 드는 문양이다. 그러나 이 문양의 의미를 아는 이라면 누구도 그런 말을 입 밖으로 꺼내지 못한다.

소드 마스터와 그랜드 소드 마스터를 배출한 살아 있는 검의 명가이자 죽음의 사신인 '알테리온 가문'을 안다면, 고작 열 살의 나이로 곰을 잡았다는 이야기는 그리 신기한 것이 아니다.

열다섯 살에 오우거를 잡고 열여덟 살에는 기사단도 포기한 대형 몬스터인 자이언트 엔트를 잡는 게 성인식 절차인 곳이 이 가문이다.

그런 곳에서 학자를 부른 소년은 너무나 순진한 얼굴로 그를 바라보고 있었다. 싸움이란 건 전혀 모른다는 순진한 외모에 허리는 어지간한 계집보다 가늘었다. 여자보다 희고 고운 손가락에는 굳은살조차 박이지 않았다.

그러나 저런 손가락으로 오크의 목뼈 정도는 쉽게 부러뜨린다는 걸 그는 아주 잘 알고 있었다.

학자의 미간에 있는 주름이 깊어졌다. 용은 어딜 가나 귀했다. 이 알은 특히 껍데기 표면이나 무늬, 크기로 봐서는 황가에서나 계약을 맺는다는 임페리얼급 용일 가능성이 컸다. 그의 미간에 생긴 골이 더욱 깊어졌다.

야생 용이 임페리얼급이라니.

임페리얼급은 보통 용과는 차원이 다르다. 태어날 때부터 인간의 지성을 가진 이 용은 성장하면 용언을 쓸 수 있고 심지어 인간의 모습으로 변신할 수도 있다.

이 용이 어떤 능력을 갖추고 있을지 모르는 상황에서 어린애에게 소유를 허락했다가는 그에게 무슨 불벼락이 떨어질지 모른다. 검의 명가 알테리온 가문은 분명히 유용하지만 강한 만큼 오만했고, 무엇보다 권력이나 정치에는 관심이 없다. 그랬기에 더욱더 배척과 경계의 대상이다.

소년은 맑은 눈으로 그를 바라보았다. 참으로 아름다운 소년이었다.

이른 새벽, 신전 입구에서 아침 햇살을 받고 있는 천사상을 아름답다고 한다면 그런 종류의 아름다움이었다. 피부가 어찌나 달콤해 보이던지 쿡 찌르면 꿀이 배어 나올 것만 같았다. 그러나 그런 외모를 하고서 소년은 좀처럼 웃지를 않았다. 순진해 보이는 얼굴이었지만 표정은 어딘가 굳어 있었다.

그가 조금만 늦게 왔어도 이 용은 소년의 것이 되었을지도 모른다. 알에서 갓 깬 용은 처음 본 사람을 어미로 인식하는 본능이 있기 때문이다. 그것을 각인 본능이라고 부르는데, 순리대로라면 이 알을 빼앗아서는 안 된다.

학자는 그런 자신이 부끄러워졌다.

"이름이 뭐니, 꼬마야?"

"샤인이라고 불러요."

남자치고는 상당히 여성스러운 이름이었다. 소년이 볼을 잔뜩 부풀렸다.

"그게…… 어머니께서 제가 딸인 줄 알고 먼저 짓는 바람에…… 그러니까 샨이라고 부르세요. 샤인은 좀……."

이윽고 쥐 죽은 목소리로 덧붙였다.

"그게…… 덜하니까."

아무래도 여성스러운 이름 때문에 상당히 상처를 받은 모양이다. 그러나 소년은 지나치게 아름다웠다. 만약 소년이 달콤한 외모만큼이나 성격까지 사근사근했다면 누구라도 여자아이로 오해할 정도였다. 워낙 근육질 남자들뿐인 집안이다 보니 소년의 미모는 돋보였다.

"알았단다. 샨, 뜨거운 물 좀 받아다 주겠니? 그리고 이제 부화가 임박했으니까 집안 어르신들에게는 절대로 들어오지 말라고 하고."

샨이 고개를 끄덕였다.

"괜찮아요, 형들이랑 아버지는 지금 사냥을 나갔거든

요.”

아랫마을에 나타난 자이언트 오우거를 잡재우러 갔다는 이야기를 스치듯 듣긴 했었다. 기사단이 전부 달려나가 무찔러도 잡을까 말까 한 존재를 이 집안사람들은 그냥 옆집에 소금 떨어졌다는 말 정도로 알아듣는다. 학자는 턱을 문질렀다.

천운이다.

지금 집안에 어른이 없다면 이 용 알을 자신이 가져도 아무 말 하지 못하리라. 학자는 죄책감이 들었지만 내색하지 않았다.

소년은 아기 새처럼 고개를 끄덕이고는 뜨거운 물을 받으러 갔다.

학자는 뒤돌아서는 샨에게서 문득 이상한 점을 발견했다. 샨의 허리에는 검이 없었다. 보통 집안이라면 전혀 이상한 일이 아니었다. 그러나 이곳은 아기에게 첫 걸음마를 뗀 기념으로 나무칼을 선물하는 가문이다. 이 집안사람들은 검을 곰 인형 대신 안고 자고, 나이가 차면 애인 대신 베고 잔다.

걸음마를 뗄 때부터 선산에 묻힐 때까지 그들은 검을 떼어 놓지 않는다. 그들에게 있어서 검이 없다는 것은 죽음을 뜻한다.

그런데 소년에게는 검이 없었다.

알의 표면은 점점 흐물흐물해져 갔다.

그 안에 있는 새끼 용의 윤곽이 드러나 보일 정도였다. 알껍데기를 찢어 주고 싶은 충동이 들었지만, 그래서는 안 되었다. 남의 도움을 받아 태어난 용은 대부분 미숙아로 자라다가 나중에는 병들어 죽고 만다.

학자는 인내심 있게 한 시간, 두 시간을 기다렸다. 보통이면 부화를 시작한 지 늦어도 세 시간이면 알을 벗고 나온다. 그러나 여섯 시간을 기다려도 깨어날 조짐을 보이지 않았다. 일곱 시간째가 되자 아랫배가 슬슬 아파오기 시작했다.

어떻게든 버텨 보고 싶었지만, 이놈의 배는 주인의 의사를 배반하며 천둥소리를 내기 시작했다. 결국 학자는 급하게 화장실로 달려갔다. 길어 봐야 몇 분이다. 고작 그 시간 안에 알이 깨어나지는 않을 것이다. 알 표면이 찢어진다거나 하는 조짐도 없지 않은가.

학자가 황급하게 방을 나가자 문밖에 서 있던 샨은 슬그머니 안을 들여다보았다. 알은 여전히 요동치고 있을 뿐 깨어질 조짐이 보이지 않았다. 호기심이 일었다. 태어나기 직전인 용을 손으로 쿡쿡 찔러보고 싶었다.

'어떤 느낌일까? 아기 용은 귀여울까?'

이윽고 샨은 고개를 도리도리 저었다. 어른이 안 된다고 하면 안 된다. 알테리온가에서 살아오며 철저하게 깨달은 진리 아닌가. 소년은 원래라면 검이 있을 허리춤을 매만졌다.

허전했다.

문틈으로 살짝 보니 알은 여전히 깨어날 생각을 하지 않았다.

'한 번만. 그래, 한 번만 보자, 정말 보기만 하자. 아무도 모를 거야.'

안 되는 줄 알지만 소년은 주춤주춤 안으로 들어갔다. 방 안에 알과 자신, 단둘뿐이라는 생각에 심장이 터질 것만 같았다.

알은 마치 심장처럼 부풀었다 오므라들었다를 반복했다. 알 속에서 꿈틀거리는 아기 용의 윤곽이 또렷하게 보였다. 샨은 숨을 들이쉬었다. 알껍데기에 비쳐 보이는 용은 너무나도 아름다웠다. 아기 용이 꿈틀거릴 때마다 비늘이 물결처럼 움직였다. 소년은 저도 모르게 손을 뻗었다.

소년의 손가락이 알에 닿는 그 순간, 용의 눈이 활짝 뜨였다.

"앗!"

소년이 숨을 삼켰다. 알을 찢고 나온 용의 다리가 소년의 손가락을 꽉 움켜쥐었다. 그때 학자가 들어왔다. 학자가 너무 당황해하며 물었다.

"너, 왜 거기 있니?"

소년이 그대로 얼어서 대답했다.

"어, 어떡하죠?"

일순간에 알이 완전히 찢어졌다. 크림색 비늘이 드러나며 용의 금색 눈동자가 소년을 바라보았다.

'각인'

용이 입을 열었다.

"마마."

2.

샨의 아버지와 큰형, 둘째 형, 그리고 셋째 형은 저녁 늦게 집에 돌아왔다. 잘 지내던 자이언트 오우거가 마을에서 미친 짓을 벌이고 있기에 아버지까지 네 명이 함께 두들겨 팬 다음 마을 가장 높은 나무에다 거꾸로 매달았다. 다행히 다친 사람이 한 명도 없기에 망정이지 누구 하나라도 잘못되었다면 연금술사 길드에 싼값에 팔아 버렸을 터였다.

샨의 형들인 삼 형제는 모두 상당한 미남이었다. 그때 호남 외모에 키가 큰 한 사내가 자신의 까칠한 턱을 문질렀다. 맏형 리오였다.

"미친놈아, 너는 비흡연자니까 흡연자의 고충을 모르지!"

리오의 분노에 차가운 인상의 사내가 은테 안경을 고쳐 썼다. 옷깃이 칼날처럼 빳빳했는데, 그 옷깃보다 눈매가 더 날카로웠다. 차남 에론이었다.

"샨이 건강에 나쁘다니까요, 담배 좀 그만 피우라는 게 뭐 그리 대단한 요굽니까?"

"빡빡하기는, 너 그 나이까지 술도 담배도 안 하고 그렇게 살면 진짜 큰일 난다. 휴가 나와서 여자도 만나고 그래 봐야 사람다워지는 거야."

"수련한다고 주먹으로 바위나 깨부수는 형님보다는 훨씬 사람답게 살고 있습니다."

에론의 대답을 듣고 리오가 머리를 긁적이더니 셋째 아르고에게 물었다.

"셋째, 넌 사업한다는 새끼가 여기서 처놀고 있어도 되는 거냐?"

형제들 중 가장 키가 작은 남자가 방긋 웃었다. 웃는

얼굴이 귀엽다는 느낌을 주는 청년이었다. 이 청년은 화사하게 웃으며 가운뎃손가락을 들었다.

"형님들 보고 있으니 막내 인생이 걱정돼서 못 떠나겠습다."

사람들은 삼 형제를 두고 말한다. 알테리온가 세 개의 샛별이라고. 하나같이 무술에 일가를 이루었고, 자신의 직업에서 천재적인 두각을 나타내고 있었다. 그러나 실상 콩가루도 이런 콩가루가 없다.

샨의 아버지는 두통이 밀려왔다. 아내가 샨을 부탁하고 세상을 떠난 지 십여 년이 흘렀다.

사람들은 샨을 보고 말한다. 세 명의 형이 세 개의 샛별이라면 샨은 그 앞에 1을 하나 더 붙여 13일의 샛별이라고.

그랬다. 불길한 숫자, 13이었다.

태어났을 때부터 샨은 마치 13일의 별 아래서 태어난 것 같았다.

뒷동산으로 소풍을 나간 그날, 형들이 잠깐 자리를 비운 그때, 하필 곰을 만나 늑골이 부러지질 않나. 아랫마을로 산책을 간 그날, 한가롭게 길을 걷던 그때, 하필 머리 위로 화분이 떨어지질 않나. 돌부리에 걸려 넘어졌는데 넘어진 자리에 유리 조각이 떨어져 있거나 심지어는 감기에 걸렸는데 재수 없게 폐렴으로 발전한 적도 있었다.

온 가족이 신전을 찾아가서 푸닥거리도 해 봤지만 도저히 나아지지 않았다.

신관님은 씁쓸하게 웃으며 말했다.

'원인을 모르겠습니다.'

차라리 병이면 아니, 저주라도 걸린 거라면 고칠 수 있었다. 악마라도 붙은 건지 샨은 어릴 적부터 그렇게 몇 번이나 생사의 고비를 넘어야 했다. 단순 몸살인 줄로만 알았던 소아마비로 올해를 못 넘길 거라는 선고를 들었을 때 가족들 모두 마음의 준비를 하고 있을 정도였다. 완쾌된 지금도 샨은 검을 제대로 다루지 못했다.

샨의 불운은 여기서 끝나지 않았다.

어릴 때부터 사고를 많이 당한 덕분인지 아니면 정말 불행의 신이 붙어 있기라도 한 건지, 샨은 마력 자체를 몸에 쌓을 수 없게 되었다.

이제 몸은 건강해졌지만, 특유의 절대적 불운은 어쩔 수 없었다.

형제들의 과보호는 아직도 이어졌다. 남이 보면 보기 훈훈한 광경이겠지만, 샨도 사내아이고 무인이었다. 동정은 그저 아이를 비참하게 할 뿐인 것을 아들놈들은 모르고 있었다.

이 형들 덕분에 샨은 자유롭게 밖으로 나가는 것이 불가능했다. 샨이 혼자 외출만 하려 하면 너 또 다치려고 그러냐고 형들이 입구 앞에서 드러누워 버리기 때문이었다. 본인들 입장에서야 동생을 걱정하는 마음에서 나오는 행동이겠지만, 샨 입장에서는 사실상 감금이나 다름없었다. 그러나 착한 샨은 형들이 걱정하는 게 싫어 도로 방으로 들어가곤 했다.

"후우, 자식 농사짓기가 왜 이리 힘들꼬."

팔불출 자식들을 보고 있자니 하늘에 있는 아내가 몹시도 그리워졌다.

집에 도착하니 어쩐지 분위기가 이상했다. 가솔들이 호들갑을 떨고 있었고, 안방은 더운 연기로 가득했다. 형들은 들어오자마자 외쳤다.

"이리 오너라! 형님들 오셨다아!"

"막내는 어디 갔습니까?"

"어째 분위기가 이상한데?"

안방 문을 여니, 그곳에서는 조그마한 용이 샨을 꽉 붙잡고 있었다. 샨의 도자기인형 같은 흰 뺨이 새빨갛게 물들었다.

조그마한 용은 사람들을 보자 난데없이 소리를 지르며

맏형에게 달려들었다.

"위험해!"

리오도 마찬가지였다. 확신은 없지만 이 몬스터는 샨의 적일지도 모른다. 그는 인정사정 보지 않고 새끼 용을 향해 정권을 날렸다.

"혀어엉!"

샨은 몸을 날려 용을 꽉 감쌌다. 큰형은 숨을 삼키고 주먹을 멈추려고 했다. 그러나 오우거의 머리통도 단박에 으깰 수 있는 주먹이었다. 그 정도 힘이 실렸는데 이 거리에 그 속도에 궤도를 바꾸는 건 어려웠다. 그때 둘째 에론이 기다렸다는 듯 검을 날렸다.

카아앙─!

주먹은 검면에 부딪혀 청아한 소리를 냈다. 에론은 품위 있는 동작으로 우아하게 검을 도로 집어넣었다.

"형님, 애 잡겠습니다."

"미친! 저 도마뱀 새끼가 달려들잖아!"

"수련만 하더니 뇌까지 근육이 되었습니까? 저건 용이잖습니까, 새끼."

새끼 용은 큰형을 향해 키아악! 하고 소리를 질렀다. 장남 리오가 이마를 찌푸렸다.

"막내야, 설마 저거, 전에 네가 주워온 알에서……."

샨이 고개를 끄덕였다.

새끼 용은 전체적으로 고양이만 했다. 크림색 비늘이 움직일 때마다 거울처럼 샨의 얼굴을 비추었다. 신화에나 나올 법한 멋들어진 용이었다. 물론 저 더러운 성격만 빼고는.

리오가 딱 잘라 말했다.

"갖다 버려!"

형은 어쩌면 임페리얼급이 될지도 모르는 용을 길고양이 취급하고 있었다.

샨이 고개를 저었다.

"내가 키울 거야."

"병균 옮아!"

"싫어."

언제나 형들의 말이라면 고분고분 듣던 동생이었다. 평생 한 번도 싫다는 말을 한 적이 없었다. 그러나 이번만큼은 용의 목숨이 걸려 있다는 의무감이라도 생긴 건지 처음으로 형들의 의견에 반대했다.

리오는 입맛이 썼다.

잠자코 있던 학자가 입을 열었다.

"용에 관해서는 이미 황실에 연락을 넣었습니다. 명령이 올 때까지 처분은 불가능합니다."

"저 금수 새끼가 인간님도 못 알아보는 거 안 보여?"
카아아악!
학자가 말했다.
"갓 태어난 용은 예민합니다. 제발 나가 주십시오."
"놔! 안 놔! 죽여 버린다!"
"큰혀엉."
차남 에론은 찬찬히 상황을 살펴보았다. 그리고 은테 안경을 벗어 마른 헝겊으로 문질렀다. 맏형이 이성을 잃었으니 결단을 내려야 했다. 에론이 입을 열었다.
"잠깐 머리 식히십시오, 형님."
"지금 저놈이 날 보고……."
"상황을 보니 이미 각인을 마친 용입니다."
"각인? 그게 뭔데?"
말이 안 통한다. 두통이 밀려와서 에론은 이마를 부여잡았다. 학자는 절실하게 그에게 SOS 신호를 보내고 있었다.
장남 리오는 강하다. 작정하고 덤빈다고 해도, 차남과 삼남이 힘을 합쳐도 막을 수 없다. 단순한 성격이기는 하지만, 언제나 털털하게 웃는 그 입가가 적 앞에서 얼마나 잔인하게 변하는지 두 사람 모두 잘 알고 있었다. 그리고 그는 조금이라도 막내에게 해를 끼칠까 의심되는 것은 무

엇이든 제거할 각오가 되어 있었다.

이러다가는 아무리 나라에서 용을 보호한다고 해도 황실에서 답변도 오기 전에 저 새끼 용의 머리통을 박살낼 기세였다. 그는 차분하게 입을 열었다.

"자자, 일단 나가서 이야기합시다."

"저걸 두고 어떻게 나가!"

키아아악!

에론은 도저히 안 되겠는지 삼남 아르고에게 눈짓했다. 아르고는 어깨를 으쓱하더니 리오의 다른 한쪽 팔을 붙잡고는 방 밖으로 끌고 갔다.

"알았어, 잠깐만…… 응? 잠깐만……, 이야기만 좀 하려고……응? 에론아? 잠깐만…… 아무 짓도…… 안 한다니까."

얼굴은 실실 웃어 댔지만 큰형의 팔에는 힘줄이 단단하게 솟아올라 있었다.

"자자, 형님 일단 좀 진정하는 게 어떠십까?"

그때 방 밖에서 아버지의 목소리가 나긋나긋하게 울렸다.

"큰아들."

"예, 아버지."

"네 왼 주먹이 죽고 싶다고 하더냐?"

"무슨 말씀이십니까? 아버지."

"우리 막둥이 칠 뻔한 그 왼쪽 주먹 말이다."

"……!"

"왼 주먹한테 전해라. 당장 이리로 안 오면 내가 평생 햇빛 못 보게 해 주겠다고."

건너편 마루에서 그 소리를 어떻게 들은 걸까? 그것도 왼 주먹인 건 어떻게 안 걸까?

삼남 아르고가 깐죽대며 손가락으로 자신과 리오를 번갈아 가리켰다.

'임자 만났심다, 형님!'

이윽고 마루에서 다시 목소리가 울렸다.

"아르고, 너도 깝죽대지 말고 이리로 와라. 다음번에는 말로 안 한다."

"헐, 네."

세 사람은 모두 방 밖으로 나갔다. 아버지는 한마디 덧붙였다.

"거기 학자님도 와 주십시오, 어디 이야기 좀 들어 봅시다."

3.

새끼 용, 전문 용어로 해츨링이라고 부른다.

한 번 각인된 용은 되돌릴 수 없다. 마치 어린아이보고 엄마를 바꾸라고 명령할 수 없는 것과 같은 이치다.

한 번 어미는 영원한 어미다. 그렇기에 어떤 일이 있어도 어미를 바꿀 수 없다. 그건 용의 본능이다. 용을 타다 목숨을 잃은 자들은 많다. 그러나 그런 용은 결코 새 주인을 찾는 법이 없다. 자연으로 돌아가거나 대모 용이나 유모 용이 되어서 알을 낳거나 알을 돌보는 게 전부인 삶으로 살아간다.

학자는 거기까지 이야기하고 숨을 골랐다. 이윽고 샨의 아버지가 입을 열었다.

"그러니까 정말로 방법이 없단 말입니까?"

"네, 용이 죽지 않는 이상."

리오가 끼어들었다.

"그거야 간단한 문제네, 약탕기에 3분만 푹 넣으면 될 텐데."

아버지는 일단 아들의 머리에 주먹을 날렸다.

쿠웅-.

"마저 이야기해주십시오. 이제 막둥이는 어떻게 되는 겁니까?"

어른들이 옥신각신하는 소리가 방 밖으로 들렸다. 샨은 벽에 기대서는 새끼 용을 안았다. 해는 완전히 저물어 어둠이 가라앉았다.

"마마?"

"쉬잇!"

샨은 눈을 내리깔고 생각에 잠겨 있었다. 달빛이 샨의 긴 속눈썹을 타고 사락사락 내려앉았다. 사람들은 말했다. 샨의 행운은 그 미모가 다 가져간 게 아니냐고.

세 명의 형은 꽤 호남들이지만 단 한 번도 귀여운 적이 없었다. 첫 걸음마 때부터 목검을 들고 노는 집안인데 귀여운 아이가 있을 리 없었다. 보통 아이들이 한껏 귀여움을 받으며 걸음마를 할 때 세 형은 벌써 보법까지 떼고 산짐승을 사냥하러 다녔단다.

그래서 어머니는 더욱 딸을 원했는지 모르겠다. 그러나 어머니는 샨을 낳고 돌아가셨다. 어머니께서 그토록 원하시는 딸이 되지 못한 게 아쉽기도 하지만, 그 한이 담겼는지 샨은 소년인데도 여느 소녀들보다 아름다웠다.

그랬다. 샨은 아름답고 아름다웠다. 마냥 아름다웠다.

피를 토하다 핏덩이가 절묘하게 목에 걸려 그걸로 질식

할 뻔한 막내를 보고 삼남은 문화 충격에 휩싸였다.

'세상에 이렇게 약한 생물이 있을 수 있구나!'

불운만 따르는 샤에게는 작은 감기도 큰 병이 되었다. 내로라하는 치료사를 모셔 봤지만 그때뿐이었다. 그랬기에 더욱 답이 없었다. 그 이후로 소아마비 같은 죽을 고비도 여러 번 넘겼다. 지금처럼 몸이 건강해지기까지는 많은 우여곡절을 겪었다.

형들의 비뚤어진 애정도 그렇게 형성되었다. 건강해진 지금도 형들은 그때와 똑같이 샤을 대했다. 행여나 작은 병이라도 걸렸다가 또 어릴 때처럼 될까 봐.

"마마-."

새끼 용은 샤의 입술을 핥았다. 귀엽게 치켜뜬 눈이 고양이 같았다. 샤은 새끼 용을 바라보며 말했다.

"널 어떡하면 좋을까?"

평생 처음으로 맡은 생명이었다. 이런 불운한 자신에게도 처음으로 생긴 기회였다. 소중하게 대하고 싶었다.

갓 태어난 용은 굉장히 예민했다. 언어와 주변 사물의 관계에 대해 배울 시기이기 때문이었다. 자신의 어미라고 인식한 샤을 제외하고는 모든 사람을 공격적으로 대했기 때문에 학자님은 물론이거니와 세 형들도 방으로 들어올 수 없었다.

아버지의 불호령 때문인지 큰형이 다시 방으로 들어오는 일은 없었다. 다만 샨에게 용의 먹이를 줄 때 문틈으로 새끼 용을 죽일 듯이 노려볼 뿐이었다.

"약탕기."

이름도 짓기 전에 새끼 용의 별명은 약탕기가 되었다. 언젠가 푹 고아 삶아 버리리라는 각오가 담긴 별명이라 할 수 있었다.

덕분에 큰형만 나타나면 새끼 용은 목에 있는 피막을 한껏 부풀리고는 위협적인 울음을 토했다.

샤아아아–!

코브라가 성났을 때 내는 소리랑 비슷했다. 형은 아기 염소를 문틈에 밀어 넣었다.

"애새끼, 지 이름은 알아들어서는."

캬이아악–!

새끼 용이 소리를 지르거나 말거나 큰형의 갈굼은 여전했다. 아니 오히려 공격하기를 바라는 모양이었다. 용이 형을 향해 튀어 나가는 순간, 형은 옳다구나 하면서 새끼 용의 목덜미를 잡아챌 게 분명했다.

샨은 식은땀을 흘리며 문을 닫았다.

형이 사라지자 새끼 용은 그제야 피막을 얌전히 접었다.

그러고 보면 새끼 용의 목에 달린 피막은 흥분할 때마다 우산처럼 펴졌다. 학자님도 저게 무슨 역할을 하는 건지 모르겠단다. 샨은 접은 피막을 쓰다듬으며 용을 진정시켰다. 태어나서 먹은 거라고는 자기 알 껍질뿐이었다. 무지무지 배가 고팠을 게 뻔했다.

샨은 꽁꽁 묶인 새끼 양을 바라보았다.

메에–.

새끼 양은 앙증맞은 핑크색 코를 벌름거리며 어미를 애타게 찾았다.

"이걸 어떻게 먹이지? 껍질이라도 벗겨야 하나?"

어른들이 산짐승을 요리할 때 먼저 껍질을 벗겼던 걸 어렴풋이 기억해 냈다.

그때 샨의 어깨 뒤에서 용이 고개를 갸우뚱거렸다.

"마마?"

먹어도 되냐고 묻는 것 같았다.

대답을 망설이던 사이, 용은 새끼 양을 덮쳤다. 새끼 양이 자지러지는 목소리로 바동거렸다. 용은 본능이 시키는 대로 부드러운 목을 꽉 깨물어 부러뜨리고는 배를 뜯어 내장부터 아구아구 먹어 치우기 시작했다.

샨은 차마 볼 수 없어 시선을 돌렸다. 바닥에는 새끼 양의 피가 흥건했다. 용은 땅에 떨어진 피까지 싹싹 핥아 먹더니 피문은 콧등으로 샨의 가슴팍에 얼굴을 비볐다. 새끼 용의 귀여운 외모에 속았나 보다. 샨은 어려도 맹수는 맹수라는 사실을 깨달았다.

샨이 말했다.

"이름을 지어줘야겠다."

"이름? 이름?"

"응, 이름, 진짜로 약탕기라고 부를 수는 없으니까."

샨은 곰곰이 생각하다가 입을 열었다.

"카이, 어떨까?"

알테리온가의 선조 중에 카이란 이름을 가진 자가 있었다. 쌍검을 쓰는 여검사의 이름으로 '찢는 자'라는 뜻을 가진 단어라고 했다.

알을 찢고 나왔으니 카이라는 이름이 어떨까 싶어 던진 말이었다. 새끼 용은 한참이나 '카이', '카이'라고 중얼거렸다. 이윽고 날개를 퍼덕이며 '카이!'라고 소리쳤다.

마음에 든 모양이었다.

그걸 한번에 알아듣다니 카이가 생각보다 지능이 높을지도 모르겠다. 샨은 문밖에다 대고 가솔들에게 말했다.

"책 좀 갖다 주실 수 있나요?"

하녀는 마루를 닦다 말고 물었다.

"어떤 책으로 들고 올까요?"

샨의 서재에는 없는 책이 없었다. 몸이 약했고 어떻게든 샨을 집에 묶어 두고자 하는 형들의 바람이 고스란히 담겨 있기 때문이었다.

"유아들도 이해하기 쉬운 걸로요, 그림 많은 책으로 갖다 주실 수 있나요?"

샨의 말에 하녀는 웃음 섞인 목소리로 대답했다.

"예, 알겠습니다."

4.

샨이 카이에게 말을 가르치기 위해 열을 올리는 동안, 아버지와 형들은 여전히 그의 미래에 대해 논의했다. 학자는 수시로 불려 가서 이야기해야 했고 결론은 '어떻게든 안 되겠느냐.'였다.

학자가 입을 열었다.

"이미 각인이 끝난 용의 주인은 드래곤 나이트나 드래곤 메이지가 될 운명이죠. 운이 좋게 공무원으로 빠질 수도 있겠습니다만, 카이의 잠재력을 봤을 때 그렇게 끝날 것 같지는 않습니다."

드래곤 나이트, 드래곤 메이지.

용과의 인연은 희귀했다. 그런데 여기 사람들은 여느 기사와 마법사들이 꿈꾸던 자리를 운이 나빴다고 받아들이고 만다.

지금 이 순간도 그 자리에 오르기 위해 목숨을 거는 소년 소녀들이 줄을 섰건만, 이 집안에서는 '아드님이 나쁜 친구를 사귀게 되었습니다.' 정도로 들었다.

리오가 소리 질렀다.

"아버지! 안 됩니다. 그런 험한 일을 연약한 막내가 무슨 수로 하겠습니까!"

차남 에론이 안경을 살짝 추켜올리며 말했다.

"제 분석에 따르면 그런 교육을 받기까지 적어도 10년은 집에서 떨어져 지내야 한다는 걸로 결론 내렸습니다. 그런 걸로 볼 때 우리 가련한 막내가……."

아버지는 미간을 좁히며 짜증스럽게 말했다.

"둘 다 그 말이 갈대 같은 내 인내심을 믿고 지껄이는 거라면."

두 형제는 목울대로 침을 꿀꺽 삼켰다.

"당장 입 다물고 찌그러져 있는 게 좋을 거다."

그 말을 듣자마자 두 형제는 바닥에 바싹 엎드려 머리를 바닥에 대고 사과했다.

"죄, 죄송합니다! 아버지."

"죽을죄를 지었습니다."

아버지는 두 팔불출을 바뀌벌레 보듯 흘겨보더니 담뱃대에 불을 붙였다. 이윽고 잠자코 있는 삼남 아르고에게 물었다.

"넌 왜 가만히 있냐?"

"냅둬요, 굿이나 보고 떡이나 먹을 거니까."

"쯧쯧, 이 새끼가 어른에게 하는 말버릇 하고는."

"전 그냥 샨이 하고 싶다는 거 편들어 줄 겁되."

"……."

어릴 때부터 싹수가 노란 놈이었지만, 실상 팔불출 짓은 가장 심했다. 만약 샨이 하기 싫다고 한다면 가장 먼저 샨을 업고 국외로 도피할 놈이 이놈이었다.

연기를 조용히 내뱉다가 아버지가 물었다.

"샨은 마나를 익히지 못하오. 죽을 고비를 수없이 넘기고 나니 경력이 뒤틀릴 대로 뒤틀렸디다. 거기다가 어찌 된 일인지 그 아이는 이상하게도……."

아버지는 말을 잇지 못했다. 그러나 학자도 알고 있었다. 아니, 이 집안에서 조금만 있어도 누구나 알게 되는 사실이었다. 샨의 기이한 체질에 대해서는…….

"그런 아이가 드래곤 메이지니 드래곤 나이트니 할 수 있겠소?"

"둘 다 용의 마력을 끌어내서 사용합니다. 용의 역량에 따라 능력도 크게 좌우되겠지만, 가능할 겁니다. 만약 재능이 있다면 일반인보다도 더……."

"……아니 그런 어려운 말 말고, 알잖소! 우리 아이가 사람 구실 하며 살 수 있겠냐는 말이오."

그의 목소리에는 한이 알알이 맺혀 있었다. 학자가 눈을 내리깔았다.

같은 시간, 샨은 카이를 쓰다듬다가 카이가 곯아떨어지자 자리에서 일어났다.

어릴 때는 정말 마귀가 붙은 게 아닌가 싶어서 신관님을 열심히 찾아가 보기도 하고 종교에 귀의해 보려고도 했다. 그러나 하필 그가 갔던 신전에 재수 없이 불이 나면서 그 시도도 끝났다.

그래도 익숙해지면 괜찮았다. 익숙해지면, 익숙해지면, 그리고 조심해서 행동하다 보면 살 만했다.

그렇다고 상황이 나아지는 건 절대 아니었지만…….

그래도 즐거운 일도 있었다. 어느 날은 햇살이 좋았다거나 아침에 먹은 수프가 간이 딱 맞았다거나 하는 일들.

일생에서 가장 즐거운 일도 있었다.

셋째 형이 그 귀한 제국 백과사전 전권, 30권을 수도에서 공수해 왔을 때.

하드커버에 페이지 수만 800페이지가 넘는 것으로, 사람을 죽일 수 있는 무기로도 쓸 수 있는 책들이었다. 12년에 한 번씩 편찬되며, 한 번에 50부밖에 만들지 않는다.

일반인은 열람하기도 힘들고 학자들이나 제국 수도의, 황실 도서관에서나 읽어 볼 수 있는 귀한 걸, 무슨 수완인지 전권 들고 왔다.

하루 종일 백과사전을 읽다가 감기에 걸려 폐렴으로 직행해 죽을 뻔한 적이 있었다.

그래도 행복은 행복, 이런 삶도 나름의 행복이 있다고 생각한다.

샨은 서재를 정돈하기 시작했다.

이 집안에서 책을 읽을 사람이라고는 샨, 한 명밖에 없었다. 그런데도 정말 책이 많기도 많았다. 여행을 좋아하는 가족들이 한두 권씩 책을 얻어 온다는 게 벌써 방 하나를 가득 채우고도 남았다.

아주 오래된 책은 관리해 주는 사람도 없어서 먼지가 쌓여 있었다. 샨은 환기를 위해 창문을 열었다.

그 순간 돌풍이 창문으로 쏟아졌다. 샨은 급하게 창문을 닫았다. 창문이 빨리듯 닫히며 어마어마한 소리가 울렸다.

쾅!

그때 샨은 위험을 직감하고 뒤를 돌아보았다. 책이, 800페이지 하드커버 백과사전 30권이 샨의 머리 위로 쏟아지기 시작했다.

"……!"

카이가 자다 말고 깜짝 놀라 소리 질렀다.

"마마!"

서재 쪽에서 굉음이 울렸다. 아버지는 서재 쪽으로 달려갔다. 가솔들이 비명을 질렀다. 막내가 책 아래에 깔려 있었다. 평소 같았으면 책이나 조금 떨어지고 말았을 일이었다. 문제는 그 책이 하필 백과사전이었다. 어떻게 된 건지 책장까지 엎어져 있었다.

리오가 소리 질렀다.

"샤안아아아아-!"

삼남, 아르고는 원인이 자신이 선물한 백과사전이라는 걸 깨닫고 입술을 깨물었다. 이 집안에서는 이런 일이 반복이었다. 지극히 당연한 일상이었다. 리오는 기합을 넣어 오동나무로 만든 책장을 통째로 들어 옮겼다. 아버지는 깔려 있는 막내를 향해 성큼성큼 다가섰다.

책 사이로 희고 마른 팔이 머리를 내밀었다. 아버지는

팔을 잡아당겨 아들의 작은 몸을 끌어안았다.

"운명을 바꾸는 게 정말 가능하다고 했소?"

학자는 고개를 끄덕였다.

"운명은 변합니다. 그러나 그건 사람의 것도, 용의 것도 아니라고 합니다."

기사들은 전쟁 전에 늘 자신의 운명을 점친다. 거북이의 등 껍데기를 보거나 까마귀의 배를 갈라 보기도 한다. 신관이 신탁을 내려줄 때도 있었다. 그러나 드래곤 나이트는 다르다.

그들의 운명은 자신의 것이지만 용의 것이기도 했다.

드래곤 메이지들도 신전을 찾지 않았다. 드래곤 메이지는 자신의 용을 늘 인간으로 변신시킨다. 용은 그의 시종이며 친구이며 반려였다. 드래곤 메이지들은 마법사들이 볼 수 없는 세상 이면의 진리를 본다. 그들의 눈은 인간의 눈이기도 했고 용의 눈이기도 했다.

학자가 말했다.

"바뀐 운명이 꼭 행복하리라는 법은 없습니다. 더 나빠질 수도……."

"일단 바뀌기는 한다는 거 아니오!"

막내가 이렇게 사는 것에 대해 내심 짐작 가는 게 있었다.

무인(武人)은 다른 말로 살인자였다. 남을 지키기 위해 무(武)를 배운다고 하지만, 언젠가는 사람의 목을 벨 수밖에 없다. 그리고 무가(武家)란 피를 보고 영예를 유지하는 집안이다. 그 업보가 켜켜이 쌓인 게 아닐까 하고, 그래서 그런지 무가(武家)에는 유독 사산아나 백치가 많이 태어나곤 했다.

샨은 희생양 같은 게 아닐까 하고.

샨이 이렇게 사는 건 사실 못난 아비의 업보 때문이 아닐까 하고.

아버지는 기절해 있는 샨을 꽉 껴안았다.

"괜찮다, 아들아. 이제 괜찮다."

시녀들이 구급약을 들고 뛰어왔다. 아버지는 샨을 바로 누였다.

샨은 어릴 때 꿈을 꿨다.

흔들리는 요람 위로 가늘고 긴 손가락이 샨의 뺨을 매만졌다.

그리운 허밍 음이 울렸다.

"아들, 이 엄마가 네 형을 낳았을 때 무슨 꿈을 꿨는지 아니? 거대한 사자가 산을 집어삼키는 꿈을 꾸었단다. 그래서 네 아빠가 리오라고 지었지."

그 리오 형은 지금 권법의 달인이 되었고 포스 마스터라는 칭호를 얻게 되었다. 어머니의 목소리는 계속해서 이어졌다.

"둘째를 임신했을 때는 커다란 흰 새가 호수 위를 나는 꿈을 꿨지, 그래서 백로라는 뜻을 따서 에론이라고 지었지 뭐니? 다섯 살 때부터 칼 두 자루를 장난감처럼 다뤘는데 이제 에론은 책이 더 좋은 모양이야."

에론 형은 소드 마스터가 되는 대신 황실의 군사(軍師)가 되었다. 어머니는 알고 있었을까, 둘째가 이렇게 자랐다는 걸.

"셋째 때는 수백 마리 흑마가 내 치마 속으로 달려오는 꿈을 꿨단다. 흑마가 얼마나 많았는지 평원을 가득 채웠어, 그런데 말도 안 듣고. 사고뭉치라 엄마가 없어도 괜찮을지 모르겠다."

어머니는 그때 이미 자신의 삶이 얼마 안 남았다는 걸 알았던 모양이다. 그때 요람 뒤에서 뭔가가 깨지는 소리가 들렸다.

"아르고! 엄마가 그거 건드리지 말랬지?"

잠깐 알궁둥이 두들기는 소리가 요람 위를 울렸다. 아르고 형은 그때부터 울지도 않았다.

사고뭉치 형은 지금은 대륙과 대륙을 잇는 중계상 일에

손을 댔고 젊은 나이에 목돈을 벌기 시작했다.

요람을 따라 노란 유채꽃이 흔들렸다. 어머니의 흰 손이 다시 샤의 뺨을 어루만졌다.

"샤아, 내 아들아, 네가 태어났을 때 꿈은 정말…… 특별했단다."

바람이 불자 하얀 손이 배내 이불을 가져와 덮어 주었다. 포근했다.

"글쎄, 커다란 용신님이 나타나서 연꽃을 물고 날아오르지 뭐니? 난 네가 딸인 줄만 알고 샤인이라고 지었는데…… 조금은 후회되는구나, 그래도 내 아들."

강해져라.

누구보다 강하고 아름답게 커 주렴.

유채꽃밭이 융단처럼 나풀거렸다. 자장가가 기분 좋게 흔들렸다. 샤은 하품을 하더니 어머니 품속에서 까무룩 잠이 들었다.

"헉!"

눈을 뜨니 새벽이었다. 꼬박 하루 동안 정신을 잃은 모양이었다.

무척이나 그리운 꿈을 꿨다.

샤은 자신의 손목을 만지작거렸다. 상처는 벌써 나아

있었다.

그날 이후 얼마 지나지 않아 어머니는 돌아가셨다. 어린 샨 역시 몸이 너무 약해 어머니를 뒤따라갈 운명이었다.

샨을 살리기 위해 아버지와 큰형, 작은 형은 중앙 산맥을 뒤지며 온갖 약재란 약재를 긁어모았다. 호랑이의 심장이 좋다는 말에 산의 터줏대감인 샤벨 타이거를 잡아 그 심장으로 약을 했고 곰의 쓸개가 좋다는 말에 남쪽 산맥까지 내려가서 전설의 마수 킹 베어와 대결했다.

그 와중에 포스 마스터가 된 리오는 킹 베어의 마나 스톤을 고스란히 샨의 약으로 썼다.

샨은 살아났다. 그런 약들 덕분에 샨은 이제 감기에 걸려도 폐렴까지 번지지 않게 되었고, 작은 상처 정도는 금방 낫게 되었다. 그러나 그렇다고 샨의 불운까지 해결되는 건 아니었다.

샨은 그 대가로 일평생 마나를 쓸 수 없는 몸이 되었다.

"마마-, 아퍼어?"

샨은 미소를 지으며 카이를 쓰다듬었다.

"아니야, 아니야."

카이는 샨의 품을 파고들었다.

"마마-, 좋아. 근데 몸이 차가워."

"헤에, 그래?"

"차가운 거 좋아아, 시원해에."

샨은 어린 카이를 꼭 보듬었다.

그때 대문밖에는 낯선 사람이 들어오고 있었다. 황실에서 온 전령이었다.

5.

전령이 가져온 편지에는 놀랍게도 황제가 직접 쓴 서한이 들어 있었다. 대부분 서기관이 황명을 받아 적는 게 보통이므로 황제의 친필 서한은 몹시 드물었다. 그만큼 이번 일을 중요하게 생각한다는 뜻이었다.

황명을 요약한다면 다음과 같았다.

'샨 알테리온은 황실 직속 아카데미인 드래곤 스콜라에 입학하라.'

드래곤 스콜라, 메이지와 매직 나이트를 육성하는 마법 아카데미. 이곳에 들어가기 위해서는 태어나기 전에 미리 예약을 해야 한다고 할 정도로 명문 중의 명문이었다.

마음의 준비를 했다고 해도 막상 황명을 들으니 네 부자(父子)의 표정은 똥 씹은 표정을 지었다.

일단 황궁을 향해서 절을 마친 후 만형 리오가 말했다.

"제가 막내를 업고 야반도주하는 편이……."

"아서라, 아들."

아버지는 한숨을 쉬었다. 내심 각오했지만 올 것이 왔다고 생각했다.

지금이야 일선에서 나와 은둔 생활을 하고 있지만 젊었을 적에는 세상을 풍미하며 살았었다. 당연히 드래곤 스콜라에 대해서는 그도 잘 알고 있었다.

명문, 그것도 명문 중의 명문.

창립 이래로 수없이 많은 영웅과 왕을 배출해 낸 아카데미이다.

이름 좀 들어 봤다 싶은 메이지와 매직 나이트들은 이곳 출신이 많았고 그곳에서 졸업한 엘리트들과 검을 맞댄 적도 많았다.

그러나 말이 좋아 아카데미지 실상 마법을 배우는 일은 위험천만하다. 거기다가 샨은 마나에 자질이 있거나 검의 자질이 있어 가는 게 아니다. 오로지 드래곤 테이머의 자격으로 가게 된다.

아무리 인간의 지능을 가지고 있고 임페리얼급 용이 용언을 이용해 인간으로 변신할 수 있다고는 하지만, 본질적으로 야수이다. 주인을 부모처럼 생각하는 것과 명령에 복종하는 것은 차원이 다른 문제이다.

용을 다룬다는 건 명예로운 일이었지만, 목숨보다 소중하진 않았다.

운명이 바뀔지도 모른다. 그러나 더 안 좋아질 수도 있다. 지금도 최악인데 이 이상이라니, 상상도 하고 싶지 않다.

도박이었다. 소중한 막내를 보내기에는 위험천만했다.

리오가 말했다.

"정말 재수가 없으려니……."

그 말에 아버지가 리오를 노려보았다. 이 집안에서 '재수없다'라는 말은 절대 하면 안 되는 말이었다. 특히 샨에 관한 일이라면.

아버지는 생각에 잠겼다.

검도 마법도 못 익힌 아이가 황족도 갖기 힘들다는 임페리얼급 용을 오로지 '우연히' 갖게 되었는데 과연 귀족들이 가만히 있을까 하고. 그렇다고 황명을 어긴다면 샨의 인생에도 가문 전체에도 무슨 재앙이 닥칠까 하고.

어느 쪽이든 사면초가이다.

이윽고 아버지가 입을 열었다.

"애야, 넌 가고 싶니?"

아버지의 물음에 샨은 카이의 머리를 쓰다듬었다. 어깨에 올려놓을 수 있을 정도로 작은 카이는 샨의 손길을 느끼며 고양이처럼 갸릉거렸다. 사실 진작 결정했다. 문제는 그것을 입 밖에 낼 수 있는 용기. 샨은 난생처음 자신을 위한 결정을 내렸다.

"가고 싶습니다, 아버지. 새로운 세상에 가 보고 싶어요."

샨의 말에 큰형과 둘째 형이 비명을 질렀다.

"안 됩니다! 절대로!"

"이 형의 눈에 흙이 들어가기 전까지 그런 험한 짓은……."

그때 기다렸다는 듯 삼남 아르고가 화분에서 흙을 한 움큼 쥐어 장남에게 던졌다.

"으악, 너 미쳤냐?"

"흙 들어가면 허락해 준다는 거 아님까!"

"그냥 죽어라, 죽어!"

아버지는 장남 대 삼남의 난투극을 별 감흥 없이 바라보다가 샨에게 다시 물었다.

"위험할 수도 있다, 그런데도 가겠느냐?"

그래도 샨은 고개를 끄덕였다. 이 기회를 놓친다면 언제 다시 밖을 볼 기회가 올지 알 수 없었다.

"가겠어요."

아버지는 샨을 가만히 바라보았다.

"그래, 가거라. 어여쁜 자식일수록 여행을 보내야지."

차남 에론이 안경을 추켜올리며 말했다.

"그런 학교에 보내기에는 아직 어리지 않습니까? 제 직위로 어떻게든 황실에 상소를 올려서 말미를……."

그러나 아버지는 에론의 말을 끊었다.

"저 나이에 나는 소드 마스터가 되었다. 넌 쌍검을 자유자재로 다루게 됐지."

"그게 우리 집안에서는 정상이잖습니까? 그런데 이 애는……!"

그 말에 샨은 조용히 눈을 감았다. 뒷말을 이미 알고 있기라도 하는지 귀라도 막고 싶어 하는 표정이었다. 그러나 에론의 말은 차가운 비수가 되어 박혔다.

"이 애는 다르잖습니까?"

샨의 마음이라도 읽었는지 아버지가 대신 화를 냈다.

"언제까지나 막내를 병신 취급할 거냐!"

"누가 언제 그런 취급을 했다는 겁니까? 칼질도 제대로 못하는 애잖습니까? 이 애가, 이 애가 어떤 인생을 살아왔는지 알잖아요."

"그 입 다물어라."

그렇게 말하고는 아버지가 허리춤에서 검을 풀었다. 샨이 눈을 크게 떴다.

"아버지, 그, 그 검은 가보인……!"

"알테리온 소드다. 갖고 가거라. 이 검은 마법을 부수는 힘이 있단다. 네가 마나를 쓰지는 못하더라도, 네게 강한 불운이 닥치더라도, 그래도 한 번쯤은, 그래 한 번쯤은 널 구해 줄 거다."

알테리온 소드, 드래곤 슬레이어. 과거 용신을 잡아 그 뼈로 만들었다는 검이다. 그 검은 아버지의 목숨이자 긍지였다. 그 무게에 샨은 고개를 저었다.

"받을 수 없어요, 아버지."

"빌려 주는 거란다, 그러니까 반드시 돌려주러 와야 한다. 알겠니?"

검은 생각보다 가벼웠다. 그러나 샨의 마음을 내리누르는 그 무게는 결코 가볍지 않았다. 아버지가 말했다.

"직접 들고 돌아와야 한다. 5년이고 10년이고 난 여기에 있을 테니까."

알테리온 소드, 현존하는 드래곤 슬레이어 중 다섯 번째 검.

용신은 단순한 드래곤이 아니다. 과거 신마대전 때, 마왕과 대천사장을 상대할 수 있는 존재였다. 그 용신의 뼈로만 만들 수 있다. 만년을 살아가며 아득한 지식과 신의 권능을 가진 지고한 존재를 연약한 인간이 무찌르기란 한

없이 불가능한 일이다. 그러나 알테리온가의 선조는 그것을 해냈고, 그 증거는 자손 대대로 전해졌다.

그런 알테리온 소드를 갖는다는 것은 그 의미가 컸다. 가주에게만 전해지고 오직 가주만이 이 검의 사용을 허락받는다.

알테리온 가문에서 검은 즉, 목숨.

"받을 수 없습니다, 아버지."

"너를 이대로 보낸다면 네 어미가, 네 어미가 원망할 거 같아서 그렇단다, 얘야. 이렇게라도 해야 내가 변명이라도 한마디 하지 않겠니."

차남 에론이 말했다.

"그렇게 걱정되시면 안 보내면 될 거 아닙니까!"

그 말에 아버지의 주름이 더욱 깊게 파였다.

"그래서 자식 농사가 가장 어려운 거란다, 아들아."

"……."

샨은 눈을 내리깔았다. 눈토끼 같은 뺨이 붉게 물들었다. 조금이라도 감정이 격해지면 이렇게 표가 나 버리는 외모가 평소보다 더 싫었다. 아버지는 그런 샨의 머리를 가만가만 쓰다듬었다.

"오냐오냐, 내 안다."

열 손가락 깨물어서 안 아픈 손가락이 없다지만, 참 눈에 넣어도 아프지 않을 막내였다. 평생 사랑했던 부인을 가장 닮은 아이였다. 이런 칙칙한 집안에서 어떻게 이런 아들이 태어났는지 알다가도 모를 일이라고 그는 생각했다.

샤이 입을 열었다.

"허락해 주셔서 고맙습니다. 아버지……."

이때만은 아빠라고 불러도 좋으련만, 그런 미모를 하고도 애교를 떠는 법이 절대 없었다.

그때 학자가 헛기침을 했다. 샨을 제외한 네 부자(父子)는 싸늘하게 그를 노려보았다.

날고 긴다 하는 소드 마스터 급 넷이서 칼 눈을 뜨고 노려보니 학자는 목숨 줄이 쭉쭉 줄어드는 걸 느꼈다. 그는 목울대로 침을 꿀꺽 삼켰다.

차남 에론이 마지못해 물었다.

"무슨 일이십니까?"

"저, 그…… 입학식 말입니다."

"그게 뭡니까?"

"다, 다, 다음 주입니다만."

"아앙?"

"다, 다음 주라고요."

"아앙?"

"여, 열차는 3일 후…… 그러니까 당장 출발하지 않으면……."

에론이 뒤를 돌아보았다. 그러고는 환하게 웃으며 샨을 들어 어깨에 들쳐 멨다.

"동생님, 3일만 집에서 형이랑 재미있게 놉시다."

아버지는 조용히 에론의 뒷덜미를 꾹 붙잡고 환하게 웃었다.

"허허, 아들아, 이 아비의 말이 그동안 네게 잘 전달이 안 된 모양이구나."

에론은 식은땀을 흘리며 말했다.

"아하하, 장난입니다, 아버지. 장난이고 말고요."

"그래, 그런 의미에서 3일간 이 아비랑 놀자꾸나? 재미있게."

에론의 얼굴이 새파랗게 질렸다. 장남 리오와 삼남 아르고는 조용히 에론의 명복을 빌어 주었다.

그렇게 소년의 나이 12세, 드디어 출사표를 얻었다.

6.

이른 새벽녘 샨은 홀로 자리에서 일어났다. 옛날부터 그랬다. 소년은 가족들 중에 가장 먼저 일어났고 수련 시간도 언제나 더 빨랐다. 당연했다. 조금이라도 무리하는 걸 들켰다가는 형들이 당장에 안으로 끌고 들어갈 테니까.

아직 동트기 전이라 세상이 어두운 빛으로 물들어 있었다. 숨을 내쉬자 하얀 입김이 남색 공기 아래로 번졌다.

샨은 기초 운동을 한 후 목검을 집어 들었다.

수련이라고 할 것도 없었다. 간단한 상단 지르기를 해 뜰 때까지 반복할 뿐이었다. 그럼에도 샨의 배움은 얕았고, 좀처럼 체력이 붙지도 않았다. 당연했다. 검기를 쓰지 못하는 검객은 석궁 든 일반인보다 못했다.

아버지가 말했었다.

'언제까지 병신 취급할 거냐고.'

샨은 고개를 저었다. 그가 줄곧 생각해 왔던 문제였다. 형들은 언제나 그를 동정했다. 막내로서는 과분한 사랑을 받았지만, 무인으로서는 최악의 취급을 받은 것이다.

동정은 달콤한 비참함으로 언제나 샨을 내리눌렀다.

저런 몸으로 뭘 할 수 있겠냐고, 우리가 지켜 줘야 하는 것 아니냐고.

그러니까 평생 집안에서…….

샨은 묵묵히 검을 휘둘렀다. 소질이 없다는 것도 알고 있었다. 체력이 안 된다는 것도 알고 있었다. 그러나 그게 무인과 병신을 가르는 기준은 아니었다. 언제나 마음만큼은 누구보다 웃돌았으니까.

숨이 가빠왔다. 팔이 저렸다. 매일 같은 수련을 해도 근육이 붙지 않았다. 기이한 일이었지만 치료사는 그저 원인 불명이라고 일축했다.

세상에 그런 대답이 어디 있단 말인가.

샨은 목검을 집어던졌다.

목검이 벽에 튕겨 나갔다. 샨은 숨을 삼키며 바닥에 털썩 앉았다.

청량한 공기가 기분 좋게 가슴속으로 들어왔다. 샨은 묵묵히 알테리온 소드를 허리에 맸다. 사람들은 드래곤 슬레이어를 최강의 검이라고 불렀다.

드래곤 슬레이어는 환상을 깨는 검이다. 이 검에 걸리면 어떤 마법이든 어떤 술법이든 갈라낼 수 있다.

말 그대로 이능을 베는 검이다.

또한, 자신이 선택한 자가 아니면 쥐지도 못하게 한다.

이를테면 알테리온 소드는 아버지는 쓸 수 있지만, 큰형이나 작은 형은 쓰지 못한다. 다른 이가 잡으면 스스로 불꽃을 일으켜 화상을 입힌다.

알테리온 소드를 쥘 수 있는 조건은 알테리온의 피를 이어받은 가주여야 한다. 그게 아니라면 알테리온가의 피를 이어받은 5세 이하의 유아도 가능하다. 또 검이 상대를 아예 무인으로서 취급도 하지 않는다면 가능하다. 검을 들어도 어차피 쓸 줄 모르면 무의미하니까.

그런데 알테리온 소드는 샨의 손에서 언제나 얌전히 있었다.

참 눈물 나게 슬픈 일이다. 전설의 명검이 허리에 걸려 있는데 쓰지를 못하니. 그래도 아버지는 망설이지 않고 건네줬다. 한 번쯤은 도움이 되지 않을까 하고. 한 번, 그 한 번을 위해 아버지는 전부를 포기했다.

그래도 도난을 당한다거나 하는 일은 평생 없을 테니 그것 하나는 편하다고 생각했다. 도둑이 쥔다면 그 자리에서 숯덩이가 될 테니까.

샨은 그렇게 자신을 위로하며 검을 허리에 찼다. 키보다 조금 큰 감이 있었지만, 그래도 참 멋스러운 검이었다. 샨은 검을 뽑아 들었다.

은색 칼날 위로 새벽이 미끄러져 갔다.

샨은 홀린 듯 검날을 바라보다가 도로 집어넣었다.

오늘 세상 밖으로 나간다.

7.

샨이 출발하자 삼남 아르고가 함께 따라나섰다. 장남 리오와 차남 에론은 3일 내내 아버지와 재미있게(?) 놀기로 했다. 나쁜 놈, 막내를 혼자 독차지할 거냐는 두 형님의 절규를 아르고는 상큼하게 무시하고 아침부터 마차를 대령했다.

하녀들이 샨의 짐을 챙겼다. 짐이라고 해봐야 혹시나 해서 준비한 약재들이었다. 거기다가 화상 약, 찰과상 약, 내상 약 등 모두 샨의 체질을 고려하여 만든 응급약들이 들어 있었다.

아르고가 말했다.

"도시까지는 마차로 갈 거고 그다음에는 마나 열차를 타고 갈 거야."

"마나 열차? 책으로는 본 적 있는데 어떻게 움직이는 거예요?"

"음, 마나 엔진을 써서 마법사들의 마력으로 끄는 열차인데 직접 보면 놀랄 거야."

샨은 고개를 끄덕였다.

샨이 떠나는 날, 본가뿐만 아니라 분가 사람들까지 모여 샨을 배웅했다. 그러나 하나같이 샨을 걱정하는 표정이었다. 샨의 불운은 어딜 가나 유명했으니까. 그럼에도 샨은 화사하게 웃으며 모두에게 손을 흔들고는 마차에 올랐다.

처음 집 밖으로 나선 샨에게는 신기한 것투성이였다. 아르고는 신이 나서 떠들었다. 리오나 에론과는 달리 아르고는 전부터 샨과 외출하는 걸 내심 바라 왔었다. 훌쩍 집을 떠나 대륙과 대륙을 잇는 대상단을 경영하고 있는 터이기도 하고 원래부터 어딘가 얽매이는 걸 싫어했다. 넓은 세상에는 배울 점이 많았다.

아르고는 샨에게 금색 카드를 건넸다.

"급하면 비상금으로 써, 알겠지? 괜히 아끼지 말고."

카드에는 형이 운영하는 상단의 인장이 박혀 있었다. 샨은 카드가 상징하는 의미도 짐작하지 못하고 토끼처럼 고개를 끄덕였다.

카이는 샨의 어깨에 앉아 꾸벅꾸벅 졸기 시작했다. 카이는 그때와 비슷한 몸집으로 조금도 커지지 않았다. 아르고 형은 그 커다란 염소를 혼자 다 삼키면서 그게 전부 어디로 들어가는지 모르겠다고 투덜댔다.

옆에 앉은 학자님이 말했다.

"용이 커질 때는 허물을 벗을 때뿐이지요. 흠, 크기로 봐서는 입학한 다음에야 1차 탈피를 하겠군요."

'크기라니? 그때보다 하나도 달라진 게 없어 보이는데.'

샤의 뺨이 또 붉어지자 학자가 너털웃음을 터뜨렸다.

"오랫동안 용과 살아온 사람이 아니면 알기 힘들단다."

'또 그렇게 티가 났나.'

샤은 뺨을 문질렀다.

흔히 말하는 포커페이스 같은 건 샤과는 백만 년쯤 먼 이야기 같았다. 아르고가 샤의 머리를 쓰다듬었다.

"그 나이에는 그게 좋은 거야."

"정말요?"

"그럼."

샤의 표정이 조금 밝아졌다. 그때 학자가 헛기침을 하더니 아르고의 귀에 뭔가 속삭였다. 아르고가 고개를 저었다.

"뭐, 애들끼리인데 알아서 하겠죠, 뭐."

"그게 그렇게 쉽게 생각할 일이……."

"지금부터 고민해서 해결된답니까?"

무슨 이야기를 하는 걸까?

샤은 고개를 갸우뚱하더니 이내 다시 마차 밖을 구경하는 데 집중했다. 집 바깥은 신기한 것 천지였다.

도시에 도착하는 데 꼬박 이틀이 걸렸다. 도중에 웬 승려 분들이 성문에서 문지기들과 싸우는 통에 더욱 늦어졌다. 구리색 피부의 온몸에 문신을 한 승려 분들은 책으로도 본 적 없는 옷을 입고 있었다.

"형, 저게 뭐죠?"

아르고가 턱을 긁적이며 말했다.

"아아, 라둔의 신도들이야. 남쪽 지방에 있는 소수민족이지."

"그런데 왜 싸워요?"

어린아이의 질문은 언제나 정곡을 찌르고 만다.

"그게 말이지, 이번에 남부 지방에서 전염병이 돌았는데 지원을 해주기는커녕 오히려 병을 옮긴다고 격리시켰어. 그래서 그 지방 사람들이 엄청나게 많이 죽었어. 멀쩡한 사람들도 병이 옮아 죽어 갔지."

"에엑, 같은 나라 사람이잖아요!"

"같은 나라지만 종교도 다르지, 피부색도 다르고. 치료사는 엄청 귀하거든. 게다가 치료법도 발견되지 않았는데 그 치료사들까지 병이 옮으면 어떻게 해?"

"아아……, 그래도 그건…… 너무……."

샨은 눈꺼풀을 내리깔았다. 깃털같이 긴 속눈썹이 고민 속에서 사락사락 흔들렸다. 동생의 첫 고뇌를 아르고는 재미있게 지켜보았다.

"마침내 물도 오염되고 식량도 떨어져서 전염병 때문에 죽는 사람들보다 굶어 죽는 사람이 더 많았다고 하더라고."

샨은 방금 먹은 도시락을 바라보았다. 집에서 들고 온 도시락에는 무엇 하나 부족한 게 없었다. 같은 나라인데 고작 거리가 조금 떨어졌다는 것만으로도 그런 광경이 펼쳐진다는 건 상상도 할 수 없었다.

아르고는 그런 샨을 향해 웃음을 터뜨렸다.

"알아, 세상은 부조리하다는 걸. 그런데 아이는 세상을 바꿀 수 없어. 세상을 바꾸는 건 오로지 어른뿐이거든."

"……."

"빨리 커라. 나중에 술이나 같이 하게."

아르고 형은 언제나 사람 좋은 웃음을 짓고 다닌다. 미남의 미소는 언제나 분위기를 밝게 하지만 그렇다고 아르고 형의 속내를 알 수 있는 건 아니었다.

저런 미소를 지을 경우는 사고를 칠 때가 많아서 형들이 아르고 형을 무서워했다.

마차 밖에는 안으로 들어가려는 신도들과 그들을 막는 문지기들이 한창 싸우고 있었다. 안에 테러범이 있다고 소리를 질렀지만, 문지기들은 고개를 저었다. 그런 말도 안 되는 협박에 그들을 들여보낼 수는 없었기 때문이다.

성문 앞에 검문을 기다리는 줄은 점점 더 길어져만 갔다. 마차 안에 있던 사람들이야 괜찮았지만 걸어서 온 사람들은 그냥 그 자리에서 주저앉아서 기다려야 했다. 다시 검문이 시작된 건 반나절이 꼬박 지난 다음이었다.

그것도 문지기가 라둔의 신도들에게 총을 쏘았기 때문이었다. 당연히 하늘에다 쏘는 위협용이었지만 그걸로 충분했다. 라둔의 신도들은 그들에게 욕설을 내뱉고 사라졌다.

도시 안으로 들어가서야 샨은 마차에서 내렸다. 아르고 형은 황실에서 온 또 다른 편지. 그러니까 입학 증명서와 가정 통신문을 읽어 내려갔다.

"어디 보자 교복은 근처 재봉점에 가면 될 거고, 대충 새끼 용에게 물릴 고삐랑 목걸이. 용 장갑이랑…… 조련용 안장 정도면 되려나? 샨, 잃어버리지 않게 잘 따라와."

샨은 정신이 나갈 지경이었다. 이렇게 사람이 많은 건 난생처음 보는 광경이었다. 아르고 형이 키가 2미터에 달하는 거구가 아니었다면 진즉에 놓쳐 버렸을지도 모를 정도였다. 시장에서는 신입생들을 위한 잡동사니들을 팔고 있었다.

양을 푹 삶아 이상한 소스를 뿌린 꼬치를 팔았는데 도

저히 사람이 먹을 수 있는 냄새가 아니었다. 카이가 날개를 퍼덕였다.

"마마-, 맛있겠다!"

카이 같은 이종족들이 즐겨 먹는 간식인 모양이었다. 꼬치는 발톱으로 쥐고 먹기 좋게 양 끝을 두껍게 만들었다. 아르고 형이 너털웃음을 지었다.

"네가 사줘."

"내가?"

"돈 내는 방법은 알지? 그러니까 지갑에서 동전을 꺼내서……."

"아…… 그 정도는 알아요."

그렇게 말하고는 꼬치를 사서 카이에게 건네주었다. 날것이 아니면 입에 대지도 않는 녀석이 꼬치만큼은 엄청 게걸스럽게 먹어 치웠다.

아르고 형이 향한 곳은 카이에게 맞출 조련용 안장 가게였다. 대체 몇십 년 전에 지었는지 페인트가 벗겨진 낡은 간판이 간신히 매달려 있었다. 그러나 안으로 들어가니 샨 또래로 보이는 많은 아이들이 용의 안장을 맞추고 있었다.

샨이 물었다.

"이렇게 작은데 벌써 안장을 달아요?"

"나중에 크면 타고 다녀야 하거든. 지금부터 길을 들여 놓지 않으면 용이 흥분하다 실수로 주인을 떨어뜨리기도 하니까. 거기다가 골격을 보니 대형종이잖니."

"헤에."

샨은 카이를 내려다보았다. 이렇게 조그만 애가 나중에 타고 날 수 있을 정도로 커지다니, 좀처럼 상상이 안 되는 모양이었다. 카이 바로 앞에는 웬 용이 주인의 어깨에 걸터앉아 있었다.

머리부터 꼬리까지 새빨간 종으로 날개는 카이보다 작았지만, 다리 근육은 훨씬 더 컸다.

점원이 은색 안장을 달아 주자 붉은 용은 만족했는지 날개를 퍼덕였다. 이윽고 샨 차례가 되었다.

"안녕, 안장 맞출 용이 이 용이니?"

샨이 카이를 어깨에서 내렸다.

"네, 카이예요. 인사해."

카이가 날개를 퍼덕였다.

"안녕, 안녕!"

"어머, 벌써 말을 깨우친 용이 있을 줄 몰랐네. 흠, 요즘은 마법사 손님만 내내 왔었는데 오늘만 용 손님이 두 명이나 갑자기 오다니 무슨 조화일까나."

학자가 말했다.

"어린 드래곤 테이머들이 입학할 때가 되었으니까요."

"아, 마법 아카데미요? 하긴 거기 드래곤 테이머들도 심심치 않게 입학하죠?"

그녀는 줄자를 꺼내서 카이의 허리둘레와 앞발, 그리고 날갯죽지를 쟀다.

"탈피는 아직 안 했지? 태어난 날은 여기다 적으렴."

그녀는 접수카드를 꺼내서 샨에게 건네주었다. 카이가 태어났을 때와 몸무게, 첫 먹이를 먹은 날짜부터 심지어 주인인 샨의 나이까지 쓰게 되어 있었다.

접수카드를 전부 작성하고 나자 그녀는 뭔가 생각하더니 생각에 잠겼다.

"곤란한데, 무슨 종인지도 모를 용이라니. 이래서야 성룡이 되면 얼마나 성장할지 짐작도 안 가는데."

"여기 학자님 말로는 야생 용 같대요."

"야생 용? 그런 알을 용케도 주웠구나. 흠…… 일단 안장은 조금 넉넉하게 해줘야겠지. 힘도 쎄 보이니 불도마뱀의 가죽으로 만든 게 필요하겠는데."

그녀는 잠깐 창고로 들어갔다가 이윽고 상자 하나를 꺼내 왔다. 상자 안에는 카이의 크기에 꼭 맞는 작은 검은색 벨벳 안장이 들어 있었다.

"늑대 인간의 가죽으로 만든 거라 튼튼할 거야, 마음에 드니?"

샨은 작은 안장을 쓰다듬었다. 이렇게 작은데도 조종자가 발을 디딜 곳과 손잡이까지 제대로 달려 있었다.

"자랄 때마다 벨트로 조절하도록 해. 처음에는 용이 많이 불편해하겠지만 절대 풀어주면 안 된다, 알았지? 적응훈련이니까."

샨은 한눈에 안장이 마음에 들었다.

"네."

점원이 카이의 등에 안장을 달자 카이가 뒷다리로 안장을 긁었다.

"마마-, 이거 뭐야? 불편해."

"꼭 필요한 거래, 대신 갈 때 맛있는 거 사줄게."

카이가 껑충껑충 뛰었다.

"아까 그거, 아까 그거!"

꼬치를 말하는 모양이다. 샨이 고개를 끄덕였다. 그러자 카이는 만족스러운지 날개를 퍼덕여 샨의 어깨로 다시 올라갔다. 점원은 한층 멋스러워진 용을 흡족하게 쳐다보다가 물었다.

"드래곤 스톤은 달 거니?"

샨이 물었다.

"드래곤 스톤이 뭐죠?"

아무것도 모르는 모양이다. 학자가 점원을 대신해 설명했다.

"드래곤 테이머들이 용의 힘을 다룬다는 이야기는 알고 있지?"

"알고 있어요."

"그 역할을 하는 게 드래곤 스톤이야. 하나의 원석을 두 개로 잘라 만들면 그 힘을 공유하게 된단다, 그게 드래곤 스톤이야. 보석의 힘을 빌려 용의 힘을 다룰 수 있게 되지."

샨이 고개를 끄덕였다.

"마법사의 요술 지팡이 같은 거네요?"

이해가 빠른 아이였다. 아르고는 기특했는지 동생의 머리를 쓰다듬었다.

"그것까지 사면 값 좀 깎아 줄 거요?"

"곤란해요, 이건 정가제인걸요. 게다가 드래곤 테이머들은 갈수록 줄어들어서 납품하는 가게도 저희밖에 없어요! 그러니 할인은……."

점원이 그렇게 말하자 형은 바닥에 드러눕다시피 했다.

"아이참, 사장님 나오라고 해. 누베스 상단의 아르고라고 하면 알아들을 거니까."

"예에?"

"어서어서!"

형의 재촉에 밀려 점원은 위층으로 올라가며 속으로 투덜거렸다.

'아무리 그래도 정가를 깎아달라고 우기다니, 얼굴값이 아깝네!'

그런데 그의 이름을 대기가 무섭게 사장은 투실투실한 배를 앞세워 계단을 구르다시피 내려왔다.

"아이고! 아우님! 여긴 무슨 일이래!"

그러자 아르고 형의 표정이 환해졌다.

"아이고! 사장님! 여기 사업은 잘 되심까?"

둘은 10년 만에 만난 이산가족처럼 서로 얼싸 안았다. 이윽고 아르고 형이 샨을 가리켰다.

"우리 집 막내가 이번에 입학함다. 드래곤 스톤 좀 사려고 하는데……."

그 말에 사장은 빠르게 머리에 주판알을 굴렸다.

"글쎄, 물건이야 있지만 우리도 경기가 요즘 안 좋아서."

"어유, 사장님, 지난번에 원하시던 그거 있잖슴까, 그거 부인께서 아심까?"

아르고 형은 윙크를 하며 새끼손가락을 들었다. 그 속뜻을 모르는 샨은 그냥 멍하니 형의 행동을 지켜볼 뿐이었다. 사장의 얼굴이 확 붉어지더니 아르고 형의 손가락을 다급하게 가렸다.

"아이, 이 사람, 공과 사는 구분해야지! 어떻게 여기서 그걸……."

"아이고, 죄송합니다. 제가 좀 요즘 정신이 없어 놔서요. 이제 좀 깎아 주실 마음이 드십니까?"

돼지 사장의 얼굴이 붉어졌다 퍼레졌다를 반복했다. 이윽고 그가 결심을 내렸는지 입을 열었다.

"용의 계곡 쪽 드래곤 스톤이면 만족하겠나?"

"더 좋은 거 있으시면서 그런다. 황천에서 구해 온 거 있잖습까?"

"안 돼! 그건 따로 예약받은 물건이라."

"그럼 전 사모님 만나러……."

"자, 잠깐!"

사장은 그의 손을 꼭 붙잡았다. 부들부들 떨리는 손끝이 애절할 지경이었다. 이윽고 사장이 입을 열었다.

"……가져가게나."

"돈은?"

"못 깎아 주네! 황천의 돌은 없어서 못 사는 건데 그걸 깎아달라면 날강도지! 우리 쪽도 몇 팀이 목숨 걸고 갔다가 겨우 구해 온 건데."

"에이, 뭐 그럼. 사모니이임! 어디 계심까, 사모니이이임!"

형의 우렁찬 목소리가 가게를 울렸다. 결국 사장은 백기를 들어야만 했다.

"다 가져가! 깎아 줄 테니 먹고 떨어지게!"

아르고는 사장님의 양손을 꼬옥 잡았다.

"오늘 형님은 가정의 평화를 지키셨습다. 축하합니다, 형님."

축하는 무슨 축하!

사장의 얼굴이 폭발할 것처럼 시뻘겋게 부풀어 올랐다.

아르고 형이 가게로 나가자마자 사장의 목소리가 들렸다.

"소금, 소금 뿌려!"

"웰컴 투 가화만사성! 유후!"

형은 드래곤 스톤이 든 벨벳 상자를 기분 좋게 흔들었다. 샨이 걱정스러운 눈으로 바라보았다.

"괜찮아, 인마. 어차피 슬슬 저쪽이랑 손 끊으려고 했어, 그리고 황천의 돌에 비하면 싼값이고."

"그게 뭔데요, 형?"

"음…… 일단 뭐 좀 먹을까?"

아르고가 데려간 곳은 용과 인간 모두 출입할 수 있는 레스토랑이었다. 그는 학자님과 샨에게는 이 집 명물인 매콤한 돼지갈비 스테이크를 주문했고 카이를 위해서는 어린 산양을 양배추에 싸서 푹 곤 찜 요리를 주문했다.

사람이 먹는 것보다 카이가 먹는 음식이 네 배가량 더 많은데도 카이는 한입에 꾸역꾸역 삼키기 시작했다.

립은 달콤하면서도 쫄깃했다. 집에서는 언제나 채식 위주로만 먹었는데 이렇게 본격적인 고기 요리를 먹게 되니 샤은 너무 기뻤다. 식사를 마치고 나자 아르고는 아까 가져온 벨벳 상자를 테이블에 올렸다.

"후후, 기대하라고 짜잔!"

상자 안에는 용 목걸이와 사람이 낄 법한 반지가 들어 있었다. 목걸이 한가운데에는 금색 보석이 박혀 있었는데 자세히 보니 그 안에는 검은색 줄무늬가 그려져 있었다.

"반지에도 같은 무늬가 있어, 봐봐."

샤은 반지를 꺼내 햇빛에 반사했다. 과연 반지에도 똑같은 무늬가 들어 있었다.

"황천의 돌이야, 드래곤 스톤 중에 최상급 재료지. 없어서 못 구할 정도야. 원래라면 아까 부른 값에 열 배를 불러도 산다는 사람이 나올 정도라고."

"이게 그 정도예요?"

아르고는 샤의 중지에 반지를 끼워 주며 말을 이었다.

"황천의 돌은 말이야, 사실 이 세상에는 없는 돌이야."

"흠?"

"눈치 없긴! 황천, 말 그대로 저승에 다녀와야 한다고. 산 사람이 명계에 다녀오는 일은 쉽지가 않아. 하지만 그럴 가치는 있지."

"이게 저승에 있던 돌이라고요?"

샨은 중지에 낀 반지를 한참 들여다보았다. 이 조그만 돌이 저승의 물건이라는 게 믿어지지가 않았다.

"그래, 말 그대로 목숨 내놓고 갔다 와야 하는 물건이지. 산 사람과 죽은 사람을 이어 주는 돌이라고 해서 그 자체만으로도 영험한 힘이 있어. 그런데 그런 돌이 용과 사람을 못 이어 주겠어?"

과연 용을 키우는 사람이라면 한 번쯤 탐을 낼 만한 물건이긴 했다. 용의 마력을 인간이 사용하기는 쉽지 않았다. 당연히 이름난 드래곤 나이트들과 드래곤 메이지들은 조금이라도 더 좋은 드래곤 스톤을 원했다.

샨이 물었다.

"얼마에 산 거예요?"

형이 웃었다.

"싸게 산 거야."

그렇게 말은 했지만, 형이 계산할 때 낸 건 금화가 아니었다. 상단의 마크가 박혀 있는, 그러니까 어음 수표인 걸로 기억한다.

샨의 속눈썹이 다시 사락사락 내려앉았다. 아르고는 샨의 머리에 꿀밤을 줬다. 하나뿐인 막내지만 미모가 아까울 정도로 참 고지식하다.

"으이구! 입학 선물 정도는 사게 해줘라."

입학 선물치고는 꽤 과했다. 샨은 왠지 형에게 폐를 끼치는 것 같았다.

"고마워요, 형. 하지만……."

아르고 형은 샨의 반지를 만지작거렸다.

"흠, 이대로는 좀 헐렁한데."

안쪽의 이음매를 만지자 반지는 손가락에서 빠지지 않을 만큼 줄어들었다.

"자라면서 반지 둘레도 저절로 늘어날 거야. 절대 벗으면 안 돼. 잘 때도 씻을 때도 알았지? 검사에게 검은 뭐다?"

"……목숨이다."

"드래곤 테이머에게는 이게 목숨이야. 자, 카이 목걸이는 네가 달아 줘."

샨은 카이에게 목걸이를 걸어 주었다. 이음매를 만지자 목걸이는 단단하게 카이의 목에 감겼다.

"불편하지 않아?"

샨의 말에 카이가 날개를 푸득였다.

"카이 보석 좋아, 정말 좋아!"

어느 용이나 보석을 좋아하는 건 만국 공통인 모양이다.

식당을 나와 교복을 사고 마지막으로 용 장갑을 샀다. 용이 주인의 팔에 앉을 때 발톱이 살을 파고들지 않게끔 고안한 것으로 나중에 용이 더 크면 용의 고삐를 쥐기 쉽게 손가락 부분에 돌기가 있었다.

그 밖에 도난 방지 마법이 걸려 있는 지갑과 용이 먹을 간식을 사고 쇼핑을 마쳤다.

역에 돌아오니 슬슬 열차가 올 시간이 되었다.

샨과 그의 형, 그리고 학자는 지친 표정으로 역 안 벤치에 앉아 있었다.

아르고는 샨을 쳐다보다가 이윽고 입을 열었다.

"마지막으로 줄 게 있어."

"음? 뭔데요, 형?"

형은 입을 다물고 조금 기묘한 눈빛으로 샨을 바라보았다. 이윽고 고민을 끝냈는지 입을 열었다.

"실은 이게 진짜 입학 선물이다."

형은 가방에서 나무 상자를 꺼냈다. 꽤 무게가 나갔다.

샨은 불안한 눈으로 형을 바라보았다.

"열어 봐."

"……."

상자 안에는 2연발짜리 작은 석궁이 들어 있었다.

"형, 이건."

"두 발마다 장전하는 거라 불편하긴 하지만, 소매 안에 숨길 수 있도록 개량했어. 오우거 힘줄을 꼬아서 만든 신식이다. 강화 마법도 걸려 있으니까 목표를 보고 볼트만 당기면 돼. 강철도 두 동강 낼 수 있다고!"

"형! 전……."

아르고 형은 샨의 양 어깨를 꽉 붙잡았다.

"가장 좋은 방법은 이걸 쓸 일이 없는 거다. 그렇지만 그게 안 된다면…… 빨리 쏘면 쏠수록 좋아, 알았지?"

그때 마나 열차가 굉음을 내며 레일에 미끄러졌다. 확실히 샨의 나이 올해로 열둘밖에 되지 않았다. 열두 살짜리 아이에게 그런 흉흉한 것을 선물해야만 하는 아르고를, 그 마음을 학자는 조금은 이해할 수 있었다.

샨이 결심했는지 고개를 끄덕였다. 그러고는 묵직한 가방을 들고 열차를 향해 걸어갔다. 뒤를 돌아보니 아르고 형이 손목이 떨어져라 손을 흔들고 있었다.

샨도 손을 흔들고는 다른 아이들을 따라 안으로 들어

갔다. 그 순간 샨의 작은 체구가 순식간에 빨려 들어가며 뒷모습조차 찾을 수 없었다.

마나 열차 안은 생각보다 넓었다. 샨은 표를 들고 더듬더듬 자리를 찾았다. 아이들이 짐을 선반 위에 올려놓는 것을 보고 어설프게 따라 했다. 카이는 여전히 숙면을 취하고 있었다. 카이의 크림색 비늘은 어디서나 눈에 띄었다. 드래곤 테이머는 늘 희귀했다.

이런 모습을 보고 아이들이 수군거리는 소리가 들렸다. 그러나 샨은 전혀 신경 쓰지 않고 창밖만 물끄러미 바라보았다. 아니나 다를까 아르고 형이 아직도 손을 흔들고 있었다. 열차가 갈 때까지 흔들고 있을 모양이다.

샨이 손을 흔들자 아르고는 더욱 열심히 흔들어 댔다. 2미터의 장신의 사내가 팔불출처럼 손을 흔들고 있는 모습은 장관이었다.

한편, 마나 열차 출발이 늦어지고 있었다. 방송에서는 열차에 작은 문제가 생겨 연착되고 있다고 했다. 샨은 왠지 자신의 불운 때문인 것 같아 미안해졌다.

그렇게 조용히 열차 시트에 몸을 파묻고 있을 때 그을린 피부의 소년이 다가왔다.

"여어, 거기 자리 비었는가?"

왕족이나 쓸 법한 말투였다.

샨이 고개를 끄덕이자 그는 트렁크를 위에 올려놓고는 건너편 의자에 앉았다. 그의 옆에는 그을린 소년과는 대조적인 창백한 피부의 청년이 허락도 받지 않고 털썩 앉았다.

그을린 소년은 머리에 터번을 둘렀고 양 귀에는 호화로운 순금 귀걸이가 짤랑였다. 눈동자는 붉은색이었는데 웃고 있지만 어쩐지 섬뜩한 느낌이 들었다.

"아, 이 몸은 티스라고 한다. 티스 이타카르. 그대의 이름은 무엇인가?"

티스가 자신을 소개하며 내민 손을 샨은 어색하게 맞잡았다.

"샨 알테리온이야."

"호오, 알테리온이라고 하면 그 유명한 알테리온가의 사남을 말하는 것인가?"

"어떻게 알았어?"

"흠, 이 몸이 모르는 건 없다."

샨의 얼굴이 붉어졌다. 가문 외의 사람, 그것도 자기 또래와 이야기를 나눈 건 처음이었다. 샨의 크림 같은 피부 위로 붉은빛이 번졌다.

그런데 그가 진지하게 물었다.

"혹시 그 불운, 옮는 거 아니냐?"

마치 전염병이라도 되는 것처럼 물었다.

샤이 양손을 세차게 흔들었다.

"안 옮아, 안 옮아!"

"그래? 다행이군. 이 몸은 늘 운이 좋은 편이거든."

그는 완전히 자리를 잡고 짐에서 과자를 꺼냈다. 샤이 물었다.

"저기, 무슨 일로……."

"아, 별건 아니다. 다만 이쪽 칸에서 네가 제일 미인이더군. 영광으로 생각해라."

"그래? 미인이라 다행이다."

"……."

티스는 대답 대신 샤을 힐끗 바라보았다. 샤이 되물었다.

"왜?"

"아니, 진짜로 고마워하는 놈은 처음 봐서."

샤이 고개를 갸우뚱했다.

"고마워하면…… 이상한 거야?"

"이 몸도 늘 별나다는 소리를 듣지만, 그대도 만만치 않군."

샤은 뺨을 문질렀다. 또래 아이들이라고는 만나 본 적이 없으니 적응을 못 하는 걸까, 조금 걱정이 되었다.

티스는 담뱃대를 입에 물고 불을 붙였다. 마나 열차 벽에는 금연이라고 버젓이 붙어 있었다. 티스는 금연 푯말을 힐끗 보더니 연기를 푯말에 대고 내뿜었다. 샨이 이상한 표정으로 바라보자 티스가 말했다.

"아, 금연초는 괜찮다."

"그런 거야?"

"그런 거지."

"그렇구나……."

샨은 고개를 끄덕였다. 금연초는 괜찮구나. 담배가 아니니까. 나중에 집에 돌아가면 꼭 리오 형에게 금연초를 선물하리라 다짐했다. 그러면 더 이상 에론 형에게 구박받을 일은 없을 테니까.

티스가 물었다.

"그대여, 말해 보거라. 이번 신입생 여자애들의 용모는 어찌하더냐?"

샨은 고개를 저었다.

"볼 기회가 없으니 나도 잘……."

"흐음, 아쉽구나. 무척이나 보고 싶은데."

그때 티스 옆에 앉은 한 소년이 꾸벅꾸벅 졸기 시작했다. 처음에는 뭔가 생각에 잠겨 있나 했는데 그대로 곯아떨어진 모양이었다.

티스가 침이 튀기도록 토론을 벌이는 데도 그 소년은 팔짱을 낀 채 꿋꿋하게 숙면을 취하고 있었다. 전체적으로 근육이 붙은 몸에 호리호리한 체형이었다. 허리에 달린 검과 팔에 난 잔 흉터들을 봐서는 제법 검을 다루는 모양이었다. 그럼에도 이상하게 피부가 창백했는데 온몸에 핏기라고는 없는 것 같았다.

티스는 옆구리로 옆에 앉은 친우를 쿡쿡 찔렀다.

"친우여, 일어나거라. 어서 일어나."

"으음……."

청년은 이윽고 부스스 눈을 떴다. 그는 낮잠을 방해받은 게 불쾌한지 눈썹을 신경질적으로 치켜떴다.

"큰일 아니면 깨우지 말라고 했을 텐데?"

허스키한 바리톤이었다. 티스가 태연하게 말했다.

"그대는 아까 짐 때문에 옆 칸 가봤잖은가. 어떤가? 영애들의 외모는 출중하던가?"

"……설마 그따위 걸 물어보려고 깨운 건가?"

티스가 하늘 아래 한 치의 부끄러움 없이 당당하게 말했다.

"당연한 거 아닌가? 난 '여자를 못 보면 죽어!' 병에 걸렸으니까."

샨의 깃털 같은 속눈썹이 깜빡였다.

"그, 그런! 큰일이잖아!"

진짜로 믿는다. 그러나 티스는 안색 하나 변하지 않고 청년을 몰아붙였다.

"봐! 큰일이라잖는가! 이 몸이 죽으면 책임질 건가?"

"……잔다."

"야, 야아!"

티스는 청년의 멱살을 붙잡고 탈탈 흔들었다. 청년은 그제야 눈을 가늘게 뜨고 마지못해 입을 열었다.

"네 취향은 있더군."

티스가 눈을 반짝반짝 빛냈다.

"취향? 어떤 취향?"

"청순한 글래머."

"냉큼 이 몸에게 자세하게 불지 못할까!"

"……진짜 잔다."

청년은 다시 잠이 들었다. 이번에는 티스가 두들겨 패다시피 해도 마치 석불처럼 묵묵히 잘 뿐이었다. 샨이 청년을 빤히 바라보고 있자 티스가 머리를 긁적이며 소개했다.

"건방진 율케스 놈, 실토하질 않는군. 분명히 영애들을 모두 독차지할 속셈이렷다!"

"율케스?"

"머리에 싸움박질밖에 안 들어 있는 놈이니 신경 쓰지

말도록 해라.”

“아! 들어본 거 같아!”

샨의 눈망울이 흔들렸다. 율케스란 이름은 샨의 귀에도 들릴 정도로 유명했다. 그동안 알테리온 가문 외에 최연소 소드 마스터, 천재 소드 마스터란 수식어가 붙는 일은 거의 없었다. 그런데 처음으로 알테리온 가문 외의 사람이 그런 호칭을 갖게 되었다.

형들이 투덜거리면서 그놈 새끼 얼마나 칼 쓰는 놈이기에 그렇게 법석이냐고 짜증을 냈다. 분명히 어디 근육질 애새끼 하나 붙잡아서 검기 좀 쓴다고 멋대로 붙여놓은 거 아니냐고. 그런데 형님들의 기대(?)와는 다르게 율케스는 꽤 멀쩡해 보이는 소년이었다.

샨이 진지하게 물었다.

“저어, ‘여자를 못 보면 죽어!’ 병은 어떻게 고쳐?”

티스가 대답했다.

“그래, 정식 학명은 ‘여자를 못 보면 죽어!’ 병이지만 학계에서는 줄여서 ‘여못죽!’ 병이라고 불러. 백만 명의 여인과 백만 번의 사랑을 하면 고칠 수 있다더군.”

“세, 세상에는 내가 모르는 게 많구나!”

“당연하지, 소년이여. 이 세상에는 그대가 아는 것보다 모르는 게 더 많은 법이란다.”

"불쌍한 티스 씨, 내가 도울 방법은 없지만 그래도 꼭 쾌차하시길 빌어."

샨의 동정 어린 말투에 티스가 힐끗 바라보았다. 그러더니 진지하게 물었다.

"너 정말 사내놈 맞냐?"

"응, 도움이 못 돼서 미안해."

"진담으로 묻는 거였지만 정말 화 안 나는가?"

화가 난다니? 샨이 고개를 갸우뚱했다.

"아, 익숙해. 변성기라도 오면 나아지지 않을까?"

"……정말 애기군."

"뭐?"

티스는 고개를 저었다.

"아무것도 아니야. 어쨌거나 너도 이놈 좀 깨워라."

"응?"

"내가 '여못죽!' 병으로 가도 된다는 말이야? 이 나이에 죽기에는 내 미모가 아깝지 않아?"

샨은 당황해서 율케스의 양어깨를 흔들었다.

"율케스 씨! 율케스 씨! 일어나!"

"더 세차게!"

포기를 모르는 티스의 집념에 샨은 더욱 크게 말했다.

"율케스 씨! 어서 일어나! 이대로면 티스 씨가 큰일 난단 말이야!"

"맞다, 친우여. 눈 떠! 내 눈을 봐! 내 티끌 한 점 없는 초롱초롱한 맑은 눈동자를 쳐다보란 말이다앗!"

티스의 한 맺힌 절규에 그는 그제야 짜증스럽게 눈을 떴다. 샨이 말했다.

"오오, 일어났는가? 친우여. 어서, 어서. 내게 그 처자에 대해 신탁을 내려 주시게."

그 순간 율케스는 칼을 뽑아 들더니 칼 면으로 다짜고짜 친우 티스를 빼억 후려쳤다.

"쿠에에엑!"

마치 4번 타자의 역전 만루 홈런처럼 깔끔한 스윙이었다. 티스는 괴성을 지르며 바닥을 네 번은 굴렀다가 건너편 복도에 멈췄다. 율케스는 흐트러진 앞머리를 뒤로 넘겼다. 그러고는 버러지처럼 바닥에 고꾸라진 그의 친우를 향해 그가 그토록 바라던 신탁을 말했다.

"……개새끼."

이제 다시 편안한 숙면을 취하려던 찰나 누군가가 자신의 옷자락을 잡아끄는 게 느껴졌다. 샨이었다. 잠을 방해받는 것만큼 기분 나쁜 일이 없었다. 이걸로 벌써 세 번째였다. 짜증이 치밀어 올라 그가 손을 들었다. 샨의 천사 같은 얼굴이 눈을 질끈 감았다.

확실히 좋은 얼굴이긴 했다. 그렇지만 성깔 더럽기로 유명한 그였다. 잠을 방해한다는 이유 하나만으로 남자가 아니라 여자까지 떡이 되도록 패 본 적 있는 그였다. 이보다 훨씬 반반한 얼굴이라고 해도 예외는 없었다.

"……쯧."

그런데 어쩐지 때릴 수가 없었다. 너무 조그매서 손만 대도 진짜 죽어버릴 것만 같았다. 그러나 숙면을 방해받은 것에 대한 짜증을 풀 길이 없었다. 그는 주먹을 크게 휘둘렀다.

샤의 어깨가 살짝 움츠러들었다.

콰아앙!

강철로 만든 칸막이벽이 그의 주먹 모양으로 우그러들었다. 유리에 금이 가며 거센 바람이 쉑쉑 새어 나왔다.

어째서 안 때린 걸까? 샤이 눈을 크게 뜨고 이쪽을 바라보았다. 토끼 같은 양 볼을 보고 있으니 짜증이 났다. 그가 말했다.

"금발에 긴 생머리다. 그것만 기억난다."

"……!"

"그리고 너!"

"으, 으응?"

"……진짜로 깨우지 마라."

그는 그렇게 말하고는 눈을 감았다. 티스가 만신창이가 된 몸으로 비척비척 도로 자리에 앉았다. 그가 샨을 물건 품평하듯 말했다.

“음, 역시 좋은 얼굴이다.”

목적을 이룬 위풍당당 티스의 머리 위로 커튼이 서글프게 팔랑였다.

샨의 콧대가 조금이라도 낮았어도, 속눈썹이 1밀리미터만 짧았어도, 그리고 그 피부가 조금이라도 푸석했어도 이런 기적은 일어나지 않았을 터였다.

슬프게도 소년은 아름답고 아름다웠으며 아름다웠다. 그저 아름답기만 했다.

티스는 자신의 눈을 확신했다. 역시 미인을 친구로 둬야 하는 법이다.

마나 열차는 그제야 마력 충전이 끝났음을 알리며 쓸쓸하게 출발하기 시작했다.

샨은 창밖을 바라보았다. 셋째 형이 아직도 손을 흔들고 있었다.

8.

덜컹거리는 철로의 흔들림이 음악처럼 바닥을 울렸다. 창밖으로 스쳐 지나가는 건물과 산맥의 뒤로 미끄러졌다. 샤은 너무 신기해서 유리에 얼굴을 바짝 붙이고 밖을 바라보았다. 입김이 창문에 뿌옇게 번졌다.

"킥!"

누군가가 비웃는 소리가 울렸다. 샤은 그것도 모르고 계속해서 바깥을 바라보았다. 중앙 산맥이 그 거대한 윤곽이 순식간에 멀어졌다. 샤은 잔뜩 흥분했다. 과자를 먹는 것도 잊어버리고 한참을 그렇게 유리창에 키스하고 있을 때, 누군가의 헛기침 소리가 들렸다.

헛기침을 계속해서 반복하자 샤은 그제야 유리창에서 머리를 뗐다. 얼마나 바짝 들이댔는지 이마가 빨갰다.

그 우스꽝스러운 모습에 곁에 있던 티스도 큭큭 웃었다.

샤은 헛기침을 한 소년을 바라보았다.

머리카락을 단정하게 넘긴 소년이었는데 벌써 교복을 차려입고 있었다. 녀석은 샤의 품 안에 있는 카이를 한참 쳐다보더니 입을 열었다.

"그거, 네 용인가?"

샤이 얼굴을 붉히며 고개를 끄덕였다.

"내 이름은 크롬 마이어하트다. 마이어하트 가문의 장

남이지."

그의 어깨에는 붉은색 용이 앉아 있었다.

"나 말고 드래곤 테이머로 온 사람은 처음 봐."

"오만하군. 설마 용을 소유하게 된 게 혼자라고 생각하는 건 아니겠지? 하긴 너희 가문은 늘 그랬지."

가문?

샨은 그를 돌아보았다. 두 사람 사이에 미묘한 공기가 흘렀다. 그사이 카이는 은백색 날개를 파닥여 용에게 인사했다. 그러나 붉은색 용은 카이를 힐끗 바라보더니 오만하게 무시했다.

그 용의 주인, 크롬은 악수도 청하지 않고 이런 카이를 몇 번 훑어보다가 입을 열었다.

"폐하께서 직접 친서까지 내리었다기에 어떤 녀석인지 한 번 보러 왔다만……."

크롬은 말끝을 흐리며 샨을 위아래로 훑어보다가 다시 입을 열었다.

"그냥 잡종 용에 꼬마 주인이군."

"응?"

샨의 눈이 커져 갔다. 샨의 긴 속눈썹이 대답 대신 깜빡거렸다. 그는 샨이 기가 죽었다고 생각했는지 피식 웃었다.

"우리 가문은! 대대로 용과 계약해 온 가문이다. 내 용은! 화룡 플라멜 종의 알이지. 화산에서만 알을 낳는 순수 혈통이야. 너는 샨 맞지? 알테리온가의 불운의 별."

그 말에 열차 안에 웃음소리가 울렸다. 명백하게 악의가 섞인 웃음이었다.

'벌써 시작이군.'

티스는 눈을 가늘게 뜨며 두 소년을 번갈아 바라보았다.

크롬, 크롬 마이어하트.

산속에서 고고하게 살아가는 알테리온 가문이야 모르겠지만, 마이어하트 가문은 대대로 드래곤 메이지와 드래곤 나이트를 배출해 온 명가였다. 1인당 전투력으로 친다면 마이어하트 가문이 훨씬 뒤지지만, 만약 용과 함께라면 이야기는 달라진다.

그들은 좋은 품종의 용을 손에 넣기 위해 돈을 아끼지 않았고, 최근에 화룡 플라멜까지 입수했다는 소식을 들었다. 알테리온 가문이야 신경조차 쓰지 않지만 마이어하트 가문은 언제나 알테리온 가문을 라이벌로 여겨 왔다.

알테리온 가문이 없었다면 가장 강한 무력을 가진 가문은 자신들이기에.

"어째서 폐하께서 널 용서했는지 모르겠군. 나라면 저런 근본도 모를 야생 용은 압수했을 텐데."

그랬다. 우연한 계기로 임페리얼급 용을 날치기한 알테리온 가문이 결코 좋아 보일 리가 없었다. 어른들의 싸움은 꼭 아이들의 싸움으로 번지고 만다.

사이 나쁜 두 가문이 영지전 하나 없이 평행선을 그릴 수 있었던 이유는 오로지 알테리온가가 용이 아닌 무술, 그 자체에 집중했기 때문이었다. 게다가 권력이나 정치에도 관심 없이 홀로 독야청청하고 있는 알테리온가였다. 그러나 지금은 다르다.

샨 알테리온은 용을 소유하게 되었다. 그것도 하급이 아닌 용언을 사용할 수 있는 임페리얼급.

드디어 같은 싸움판에 서게 된 것이다.

티스는 궁금해졌다. 눈앞에 이 세상 물정 모르는 소년이 과연 어떻게 반응할지.

샨은 눈을 동그랗게 떴다. 아이들의 악의적인 웃음은 그칠 줄 몰랐다. 이윽고 샨이 입을 열었다.

"우와, 내가 그렇게 유명했어?"

"푸핫!"

티스는 자는 척하는 것도 까먹고 웃음을 터뜨렸다.

샨이 악수를 건네며 말했다.

"우와, 고마워. 나에 대해 이렇게 많이 알고 있는 사람은 처음 봤어. 아랫마을 사람들도 나에 대해서는 모르던데 어떻게 안 거야?"

그 말에 크롬의 얼굴이 확 붉어졌다.

"그, 그거야 네 재수 없는 일이 유명하니까……."

"나 집 밖으로 나가 본 적이 별로 없었거든. 고마워, 나한테 관심 가져 줘서. 그리고 말이야."

샨은 뺨을 긁적이더니 화사하게 웃었다.

"검술에 서툰 건 사실이지만, 그래도 작은 동물 정도는 사냥할 수 있어. 넌 어때?"

"무슨 험한 소리를 하는 건가? 설마 내가 그런 더러운 동물을 혼자 상대할 거라 생각하는 건가?"

"아, 맞다. 미안, 우리 집안이 워낙 특이해서. 고마워, 어쨌거나 나한테 이렇게 관심 가진 건 네가 처음이야."

크롬의 얼굴은 점점 붉어졌다 퍼레졌다를 반복했다. 결국 그는 욕설을 터뜨리며 멀어졌다.

아이들이 멍한 표정으로 멀어져 가는 크롬을 바라보았다. 샨은 순진한 표정으로 중얼거렸다.

"악수, 안 받아 주네."

결국 참지 못한 티스가 배를 붙잡고 낄낄거리기 시작했다. 이 난리 중에도 율케스는 여전히 숙면을 취하고 있었다.

이윽고 티스가 샨의 어깨를 양손으로 팡팡 두드렸다.

"너 진짜 물건이다."

"물건?"

"아니 아니, 마음에 든다고."

샨은 고개를 갸우뚱하더니 다시 창문에 머리를 박고는 밖을 구경하기 시작했다.

9.

평원은 길게 이어졌다. 제국은 무척이나 넓었다. 아카데미에 도착할 때까지 적어도 며칠은 계속 달려야 한다고 했다. 그동안 다른 역을 지날 때 정차하거나 아니면 선로에 양 떼나 소 떼들이 지나갈 때도 잠깐 마나 열차를 멈췄다. 역에 정차할 때마다 그 근방에 사는 신입생들이 새로 열차에 올랐다. 공간이 많았던 좌석은 점점 더 빽빽해졌다.

샨은 유리창을 손가락으로 짚었다.

책으로 보았던 광야들과 산맥들을 일일이 떠올리는 것도 즐거웠다.

밤이 되자 열차 지붕 위에 비가 쏟아지기 시작했다. 어둠 속에서 빗방울이 나타났다가 유리창을 두드리고 흘러내렸다. 그 일련의 과정을 홀린 듯 바라보았다.

티스가 샨의 목을 손가락으로 톡톡 쳤다.

"애기야."

"응?"

"샤워 안 할 거야?"

돈 많은 귀족 집 자제들이 타는 열차답게 식당 칸과 침대칸이 함께 딸려 있었다.

샨이 배시시 미소를 지었다.

"시간 가는 줄도 몰랐어."

그 미소를 티스는 홀린 듯 바라보다 샨의 뺨을 툭툭 건드렸다.

"음, 역시 좋은 얼굴이다."

"자꾸 놀릴래?"

샨은 뺨을 부풀렸다. 문득 옆을 돌아보니 율케스가 자리에 없었다.

"율케스 씨는?"

"말했잖아, 야행성이라고. 벌써 수련하러 갔을 거다."

샨이 고개를 갸우뚱했다.

"수련? 여기서?"

좁아터진 객실 어디에도 수련할 곳이 있을 리가 없었다. 샨은 잠깐 이 호화스러운 열차에 수련실도 따로 붙여 줬나 진지하게 고민했다.

샨의 고민을 알았는지 티스는 샨의 뺨을 손가락으로 꾹꾹 눌렀다.

"그럴 리가 없잖아, 바보야."

"그럼 뭔데?"

"따라와 보든가."

티스는 열차 천장에 붙은 환풍구를 열었다. 바람이 눈을 못 뜰 정도로 쏟아졌다. 그는 환풍구 사이로 빠져나갔다. 그러고는 샨을 향해 손을 뻗었다. 샨은 망설이다가 그의 손을 붙잡고는 환풍구로 몸을 밀어 넣었다.

빗방울이 그의 얼굴을 후려쳤다.

이런 곳에 율케스가 있는 걸까?

샨은 흐린 눈을 가늘게 떴다. 그 순간 거짓말처럼 비가 그쳤다. 뒤를 돌아보니 그쪽은 아직도 비가 내리고 있었다. 구름의 경계선을 지난 모양이었다.

구름이 걷히자 달빛이 완연하게 모습을 드러냈다. 광야의 달은 무척이나 가까웠다.

그리고 그 달 아래 사람이 서 있었다.

달 아래로 투명한 푸른색 안광이 흉흉하게 떠올랐다.

비 때문인지 웃옷을 완전히 벗어젖혔다. 창백한 근육 위

로 달빛이 흘러내렸다. 그는 가슴으로 숨을 들이쉬었다 내쉬기를 반복했다.

이윽고 그가 검을 뽑아 들었다.

상단 막기, 상단 베기, 후려치기…….

그저 단순한 검술임에도 검 끝에 묘리가 실려 있었다.

마치 춤을 추는 것처럼 강하지만 부드럽게, 부드럽지만 날카롭게 은빛이 공기를 갈랐다. 샨은 마치 홀린 듯 그의 검을 지켜보았다. 티스가 속삭였다.

"좋지? 쇼의 특등석이라니까."

그동안 샨이 생각한 건 단순했다. 그에 관한 소문은 과장이 아니라는 걸. 오히려 상당히 많은 부분이 축소되었다는 것을.

홀릴 것 같은 은빛의 사선 속에 율케스의 귀걸이가 맑은소리를 튕겼다.

검과 하나가 된 듯 무아(無我)의 경지가 끝나자 그는 아쉬운 한숨을 내뱉으며 검을 집어넣었다. 샨 역시 검무가 끝났다는 게 아쉬운지 함께 작은 한숨을 내뱉었다.

율케스는 샨의 인기척을 느끼고 살기를 쏘았다.

"누구냐?"

그 순간 샨은 당황해서 몸을 일으켰다. 그러나 마나가 없는 일반인이 열차에서 제대로 설 수 있을 리가 없었다.

중심을 잃고 휘청거린 자리에는 하필 빗물이 고여 있었다. 샨은 그대로 미끄러졌다.

"마마-!"

카이가 샨의 어깨 위에서 소리를 질렀다. 율케스가 몸을 날려 샨을 붙잡았다. 그러나 이미 너무 많이 미끄러진 터였다. 율케스는 악력만으로 마나 열차의 나무 지붕 사이에 손을 밀어 넣었다.

콰앙!

지붕이 부서졌다. 그 상태로 샨을 붙잡은 율케스의 몸이 뒤로 주르륵 밀려났다.

"티스!"

"알아!"

티스는 소매에서 무언가를 꺼내 던졌다. 채찍이었다.

'저게 왜 소매에서?'

티스는 무척이나 채찍질에 능숙했다. 잘못하면 사람을 다치게 할 수 있는데도 채찍은 율케스의 팔을 부드럽지만 단단하게 휘감았다. 율케스는 그제야 미끄러지는 것을 멈췄다.

율케스는 한숨을 쉬었다.

"거기서 미끄러지는 놈이 어디 있나?"

"미, 미안……."

"후우, 눈을 떼지를 못하겠군."

율케스는 샨을 한 손으로 들어 열차 위로 올려놓고는 자신도 올라왔다. 엄청난 힘이었다. 그러나 빗속에서 샨을 붙잡느라 율케스의 손과 손목은 엉망이 되어 있었다. 티스가 피식 웃었다.

"다쳤군."

샨이 말했다.

"큰일이잖아! 어서 지혈하지 않으면……!"

율케스가 말했다.

"괜찮아. 이 정도는 금방 나으니까."

"안 돼!"

샨이 율케스를 꽉 붙잡았다.

"나 때문에 생긴 일이야. 내가 책임지게 해줘."

"책임? 무슨……?"

"잠깐만, 여기서 잠깐 기다려."

샨은 환풍구로 다시 내려갔다. 한참 있다가 그가 낑낑거리며 다시 기어 올라왔다. 샨이 들고 온 건 의료 가방이었다. 그것도 야전의사들이나 들고 다닐 법한 묵직한 전문가용 가방이었다.

가방을 열자 붕대부터 봉합 바늘까지, 본격적인 물건들이 들어 있었다. 티스가 물었다.

"이게 대체……."

"아, 집안 사정상……."

그 순간 가방 안에 있던 붕대가 와르르 쏟아지기 시작했다. 샨은 깜짝 놀라 붕대를 주우러 달려가다 엎어졌다. 율케스는 열차 밖으로 날아가려는 붕대를 잡아챘고 티스는 샨을 붙잡았다.

"넌 왜 맨날 그 모양이냐?"

티스의 말에 샨이 얼굴을 붉혔다.

"아, 미안."

"네가 왜 미안한데."

샨은 고개를 저었다. 티스는 한숨을 쉬었다.

"애기야, 너 때문에 명이 준다 줄어."

율케스는 낚아챈 붕대를 쾅 소리가 나도록 내려놓았다.

"……치료해라."

"으응, 근데 괜찮겠어? 살이 완전히 찢어져서 아플 텐데."

그 말에 티스가 깔깔 웃기 시작했다.

"아아, 아까부터 말했잖아. 쟤 괜찮다고."

"뭐?"

"쟤는 정말 괜찮아. 사실 치료 안 했어도 괜찮았을 거야."

"그게 무슨 말이야?"

율케스는 지붕 위에 앉았다. 그러고는 무뚝뚝한 어투로 대답했다.

"……이 몸은 고통을 못 느끼거든."

"뭐?"

"통증을 못 느낀다."

"그게 무슨 소리야, 이렇게 다쳤는데 안 아프다니……!"

티스가 나른하게 중얼거렸다.

"원래 그래, 차갑거나 뜨겁거나 심지어 살이 눌린다든가 충격을 받는 건 느껴도 이상하게 고통만큼은 못 느껴. 단 한 번도 아프다는 걸 느껴본 적이 없어."

"……."

율케스는 입을 다물고 팔을 내밀었다. 이 사실을 말했을 때 사람이 보이는 반응은 두 가지였다. 놀라워하거나 혐오스러워하거나. 그리고 그의 어머니는 둘 다였다.

내심 그는 최악의 상황을 염두에 두고 있었다. 샨은 가방을 열어 소독약과 봉합 바늘을 꺼냈다.

"잘 됐다, 상처에 나무 조각 박혀 있는 거 다 빼내야 하거든."

그렇게 말하고는 율케스의 상처를 치료하기 시작했다.

치료를 시작하자 샨의 손이 무척이나 빨라졌다.

티스가 물었다.

"애기야, 너 치료사 출신이냐?"

"아니 아니, 그게 내가 체질이 좀 특이해서……. 정말 운이 안 좋은 날에는 다쳐도 형들이나 가솔들이 없어서 혼자 치료해야 했거든."

"뭐?"

샨은 어릴 적부터 이런 일에 소질이 있었다. 나중에는 수련하다 부상당한 형들까지 치료를 도맡았다. 그러다 보니 속도가 붙었다. 이제는 외상 치료만큼은 진짜 치료사에 뒤지지 않을 정도였다. 야무지게 붕대를 꾹꾹 눌러 감는 샨을 바라보며 티스가 진지하게 물었다.

"너 여태 어떻게 살았냐?"

"……그냥 싸우느라. 막…… 삶이랑…… 싸우느라."

"……."

대체 어떻게 살아오면 의료 가방이 책가방만큼이나 부풀어 있단 말인가.

티스는 그제야 샨의 삶에 대해 짐작할 수 있었다.

치료가 끝나자 율케스는 다친 손을 쥐었다 폈다 했다.

끝내주는 봉합이었다. 심지어 손을 쥐었다 폈다 했을 때 힘줄의 수축 정도까지 염두에 두고 봉합했다. 일반인에게는 그저 그런 치료처럼 보여도 검을 익히는 사람에게는 최고의 처치였다. 어지간한 치료사도 직접 검을 휘둘러보지 않으면 이 정도 처치는 할 수 없다.

샨은 가방을 정리하며 물었다.

"어때?"

"……좋군."

"샤워할 때 물 안 들어가게 조심해. 붕대는 사흘 있다가 새로 감아 줄게."

"그 안에는 나을 거다."

"뭐?"

샨이 속눈썹을 깜빡였다. 율케스는 그런 샨의 머리카락 사이에 손가락을 넣고 부드럽게 헝클어 준 후 먼저 열차 안으로 들어갔다. 그때, 고함이 들렸다.

"지붕을 저따위로 만든 놈이 누구야!"

차장의 분노한 목소리에 티스가 식은땀을 흘렸다.

"우, 우리 나중에 들어가자."

샨도 함께 식은땀을 흘렸다.

10.

"내 살다 살다 수련한다고 열차 지붕 뜯는 새끼들은 너희가 처음이다!"

차장의 분노 포효를 온몸으로 받아 내고는 세 사람은 지친 기색으로 샤워실로 향했다. 차장의 분노는 무서웠다. 굳이 말하면 에론 형의 특제 검 컬렉션을 아르고 형이 팔아먹었을 때와 비견될 정도였다. 그때 팔아먹은 검이 30종가량 되었고, 그중 4종은 암시장으로 넘어가 아직도 못 찾고 있었다.

그때 샨은 처음으로 에론 형이 진짜로 화내는 걸 보았다.

그 에론 형의 분노만큼이나 차가운 게 또 있었으니 그게 바로 이 열차 샤워실이다.

"으! 차거!"

티스가 비명을 질렀다. 율케스가 무뚝뚝하게 샤워기 꼭지를 눌렀다.

"제대로 물이 나오는 것만으로도 감사해라."

"아니, 아카데미 전용 열차라며, 그렇게 등록금을 부었는데 물 정도는 데워 줘야 하는 거 아니야! 우리 가문 마나 열차에는 시종들이 뜨거운 물 정도는 데워 준다고."

티스는 투덜거리며 옷을 벗었다. 터번 아래로 금색 머리카락이 흘러내렸다. 치렁치렁한 옷을 모두 벗어 버리자 얇은 사슬로 짠 갑옷이 모습을 드러냈다. 석궁의 화살조차

막아낼 수 있는 녀석이지만 무게가 장난이 아니었다. 그것 마저 벗어 던졌다.

쿠웅!

샨은 어째서 그가 두 사람을 지탱한 와중에도 열차 밖으로 밀려나지 않았는지 깨달았다. 사슬 갑옷을 벗자 팔과 허리춤에 빽빽하게 숨겨져 있는 암기가 드러났다.

그는 벨트마저 끌러 내렸다.

"후, 시원하다."

혼자 전쟁이라도 치르는 걸까. 중무장이라고 해도 과언이 아니었다.

그는 샤워 꼭지를 눌러 차가운 물에 몸을 밀어 넣었다. 그러자 물 아래로 그의 흉터들이 모습을 드러냈다. 하나같이 치명적인 것들뿐이었다. 그리고 하나같이 제때 처치를 못 한 것들뿐이었다.

한두 번 사선을 넘은 사람의 것이 아니었다. 흉터가 원래 상처보다 길게 늘어났다. 그 말은 흉터들이 하나같이 어릴 때 생겼다는 뜻이고, 지금도 심심치 않게 사선을 넘고 있다는 뜻이었다.

그중 날개뼈에 난 흉터는 유달리 크고 흉측했다. 날카로운 금속에 살점이 움푹 파인 흔적이었다. 그 흔적은 독이 들어갔음을 의미했다.

독으로 된 암기를 맞았을 때, 썩은 부위를 통째로 도려내야 했을 때, 그런 상처가 생긴다. 독에 걸렸을 때는 마취도 해서는 안 된다. 아편 가루를 옅게 해서 그 연기를 들이쉬는 정도.

과거 큰형, 리오 형이 독사에게 물렸을 때 샨이 직접 처치해야만 했다. 홍수가 나서 계곡 길이 막혀 있었고 치료사는 오지 못했다. 결국 샨은 눈물을 뚝뚝 흘리며 해독제를 만들고 이미 썩어들어간 살점을 칼로 뜯어냈다.

리오 형은 입에 재갈을 물고 버텼었다.

"그거……."

"응?"

"아프지 않았어?"

샨의 질문에 티스가 뺨을 긁적였다. 역시 이 아이는 어딘가 대하기 어려웠다.

"뭐, 율케스 같은 특이 체질은 아니니까."

"……."

티스는 심각한 분위기를 싫어했다.

'어떡하나? 장난으로 적당히 넘어가야 할까? 저 애가 저렇게 쳐다보면 곤란하단 말이야…….'

그런 생각을 하면서도 티스는 연신 미소를 거두지 않았다.

먼저 말을 꺼낸 건 샨이었다.

"우리 친구지?"

"응?"

샨이 계속 말했다.

"내 미모 때문에 친구 하러 온 거잖아, 친구 맞지?"

본인 입으로 미모라는 말을 서슴없이 말한다. 틀린 말은 아니었다. 그가 샨에게 관심이 생긴 건 순전히 외모 때문이었으니까. 티스가 어깨를 으쓱했다.

"맞아."

"나도 티스 씨에게 숨기지 않을게, 그러니까 티스 씨도 나한테 말해 줘."

조금도 미사여구를 붙이지 않았다. 직구였다. 그 말에 티스는 킥 웃었다.

"또 티스 씨라고 부른다, 그냥 티스라고 불러, 그럼 생각해 볼게."

"으, 근데 습관이라."

"그럼 나도 싫은데."

"……그래, 알았어."

티스는 머리를 긁적였다. 이런 농담도 안 통한다.

"대신 한 가지 질문에 한 가지만 답하기로 하자."

"응? 한 가지씩?"

"기브 앤 테이크지. 서로 적당히 말할 수 있는 거로 한 가지 질문에 한 가지씩만 답하는 거야. 어때?"

샨이 고개를 끄덕였다.

"좋아, 율케스 씨도 좋아?"

율케스는 샤워를 마치고는 꼭지를 잠갔다.

"이야기할 수 있는 거라면."

샨이 세차게 고개를 끄덕였다.

세 사람은 잠옷을 갈아입고는 침대차로 향했다. 불이 완전히 꺼진 복도에는 조용히 코 고는 소리가 울렸다. 샨은 가장 구석, 소리가 잘 안 들릴 만한 객실을 찾아 문을 열었다. 침대 네 개가 놓여 있었다. 샨은 창가에 있는 침대에 누웠고, 티스는 샨의 가장 위층 침대에 자리를 잡았다. 율케스는 건너편 침대에 몸을 뉘었다.

티스가 베개를 다리 사이에 껴안았다.

"네 불운은 알 만한 사람들은 다 알더라."

샨이 뺨을 긁적였다.

"아, 그래?"

"네 형들 때문에 더 유명해. 지난번에 제국 확장 전쟁 때 차남 에론이 너 폭포에서 떨어졌다는 소리 듣고 일도 팽개치고 돌아갔다더라. 그때 영토 날렸다고 황제가 노발대발

하는 걸 두 달 만에 되찾아 줬잖아. 그리고 휴가는 석 달 받아 냈다지."

그때 둘째 형은 할일 다 하고 온 거라고 샨 앞에서 꿋꿋이 우겼더랬다. 샨이 뺨을 긁적였다.

"자주 그래."

"너희 큰형이 동부의 마수를 퇴치한 이유가 마수 심장이 몸보신에 좋아서였다며?"

"……그거 엄청 느글거렸어, 익히지도 않은 걸 형이 막 생으로 먹으라고."

샨은 작게 한숨을 내쉬었다. 형들 때문이라도 샨은 유명해질 수밖에 없었다. 티스가 물었다.

"대체 왜 그러는 거야? 그 몸."

"몰라."

"뭐?"

샨이 고개를 저었다.

"용한 치료사나 대단한 사제 분들도 모셔왔는데 다들 모르겠다고 하시더라고."

"헤에, 정말?"

샨이 고개를 끄덕였다.

"정말. 그래서 오랫동안 집 밖으로 못 나갔어. 나가면…… 음…… 다치니까."

"그랬구나."

"그래도 치료법은 알게 되었어."

샨은 카이를 쓰다듬었다. 티스는 곰곰이 생각에 잠겼다가 입을 열었다.

"아마도 인간이 용과 계약하면 운명이 바뀐다는 이야기겠지."

"맞아, 다른 존재와 영혼의 계약을 맺게 되면 그 사람의 운명은 인간의 것도 용의 것도 아니게 된대. 그런데 어떻게 안 거야?"

티스가 눈을 가늘게 떴다.

"말했잖아, 내가 모르는 건 없다고."

이번에는 샨의 순서였다. 산이 티스에게 물었다.

"그 흉터들은 뭐야? 수련 때문에 다친 상처는 아닌 거 같은데……."

원래라면 죽었어도 이상하지 않았을 상처들이었다. 티스는 눈을 감았다. 붉은색 눈동자 위로 눈꺼풀이 작게 떨렸다.

"나를 증오하는 사람들, 내가 없어졌으면 하는 사람들, 그리고 나를 사랑하는 사람들이 남긴 자국들이지."

"어째서?"

"돈과 권력 때문에."

"그런 건 노력해서 얻으면 되잖아?"

샨은 순진한 눈망울로 되물었다. 티스는 곤란하다는 듯 왼손으로 턱을 쓰다듬었다. 이 아이는 지나치게 세상을 몰랐다. 모르는 만큼 솔직하기도 했다. 그리고 몰랐기에 사람의 아픈 곳을 아무렇지도 않게 찌를 수 있었다.

티스는 미소를 잃지 않았다.

"음, 우리 아버지는 많은 부인을 두었어. 나는 두 번째로 본 자식이고 내 아래로 열 명이 넘는 배다른 동생들이 더 있고. 아, 물론 친한 건 아냐. 그중에는 한 번도 본 적 없는 동생들도 많거든. 그렇게 자식이 많은데 아버지가 돌아가시고 나면 누군가는 아버지의 뒤를 이어야겠지."

샨이 물었다.

"누가 잇는데?"

"몰라, 아버지는 정하지 않았어, 그래서 어머니들은 매일 싸웠어. 한 명의 자식만 남을 때까지."

티스의 붉은 눈동자 위로 흐린 빛이 스쳐 지나갔다.

"사는 게 지옥이었지. 만약 어머니가 나를 외국으로 도피시키지 않았다면 나 역시 죽었을지도 모르겠어."

"그래서 티스 씨의 어머니는?"

그는 전혀 표정 변화 없이 대답했다.

"죽었어."

그리고 난 돌아왔지. 빌어먹을 전쟁터로.

그는 뒷말을 삼켰다. 장난삼아 시작했지만, 필요 이상으로 말을 많이 했다.

그런 것도 샨의 외모 탓일까. 티스는 곰곰이 생각해 보았다. 단순히 얼굴 때문은 아닌 것 같았다. 저것보다 더 괜찮은 얼굴도 숱하게 보지 않았는가.

티스는 어깨를 으쓱했다.

"하하, 이런 이야기를 맨정신으로 하려니 뭔가 입이 심심한데……."

그는 선반에서 트렁크를 꺼내 뭔가 뒤적였다. 이윽고 그 안에서 몰래 꿍쳐 둔 호박색 술병을 찾아 꺼냈다. 샨이 깜짝 놀라 말했다.

"머, 머, 먹어도 돼?"

"새삼스럽게 뭘, 이건 알코올도 낮아."

"……하지만."

"헐, 너 설마 여태까지 한잔도 못 마셔 본 거냐?"

"……."

"진짜 애기네, 애기. 술 정도는 다 하잖아, 상식이라니까."

일전에 그가 금연초는 담배가 아니니 괜찮다고 바락바락 우겼던 모습과 묘하게 겹쳤다. 물론 그 금연초는 절반도 피기 전에 차장에게 압수당했다.

그는 선반에 놓인 물컵을 대충 소매로 쓱쓱 닦더니 샨에게 건넸다.

티 없이 환한 미소를 지으며 말했다.

"자, 쭈욱 들이켜."

샨은 덜덜 떨리는 손으로 술잔을 받았다. 그러고는 코끝으로 한참 냄새를 맡았다. 형들이 마시는 것과는 냄새가 달랐다. 술잔을 흔들어 보았다. 뱀은 들어 있지 않았다. 사슴뿔도 들어 있지 않았다. 심지어 곰의 간이나 쓸개도 없었다.

망설이는 샨의 등을 티스가 억지로 떠밀었다.

"왜? 네 또래 애들은 다 마셔 본 거야. 원래 이런 여행 와서 다 마시는 거라니까?"

다 마셔 본 거라는 말에 샨이 흠칫하고 놀랐다.

또래 애들과 만난 적 없다는 콤플렉스가 여기서도 작용했다. 미지에 대한 호기심과 남에게 뒤처지면 안 된다는 기묘한 심리가 함께 뒤엉켰다.

"하, 하지만."

"봐봐, 옆 침실들도 다 조용하지? 그거 술 마시느라 그래."

"그냥 자는 것 같은데?"

"불 꺼놓고 다 마시고 있다니까 그러네, 애기라 모르는

구나?"

결국 샨은 마치 사약이라도 들이키는 것처럼 눈을 꾹 감고 액체를 입술로 점점 더 가져갔다. 그 찰나 율케스가 그의 술잔을 빼어 들었다.

"내가 마시지."

"아, 아……."

율케스는 목울대로 가볍게 술을 넘겼다. 티스가 이마를 찌푸렸다.

"야, 그렇게 나가면 재미없지."

"목이 말라서 그렇다. 그럼 다시 따라 주든가."

티스는 다시 술잔에 술을 따랐다. 그러고는 다시 샨에게 건넸다.

"꿀꺽 마셔, 꾸울꺽! 처음에만 좀 써."

샨이 두 손으로 받아들고 다시 눈을 질끈 감는다. 그러고는 다시 술을 삼키려던 찰나, 율케스가 또다시 술잔을 낚아챘다. 그러고는 마셨다.

목울대가 육감적으로 움직이며 시원스럽게 술을 넘겼다. 율케스가 술잔에서 입술을 뗐다. 그의 창백한 얼굴에 조금 핏기가 돌았다.

"또 따르시지?"

"됐다, 빌어먹을 자식아. 너 혼자 다 처마셔라."

졸지에 술잔을 두 번이나 뺏긴 샨은 그렁그렁한 눈으로 티스를 바라보았다.

'또 주세요.'

흡사 도토리 빼앗긴 다람쥐 같았다. 결국 티스는 다시 술잔을 들었다. 이번에는 보드카에 우유를 탔다. 그러고는 율케스를 힐끗 쏘아보았다.

"됐냐?"

"됐다."

내심 만족한 표정이라 티스는 짜증이 났다.

"이게 술이냐? 라떼지. 왜, 초콜릿까지 토핑 해주리?"

율케스가 담담하게 대답했다.

"그러든가."

티스는 초콜릿 대신 각설탕 두 개를 집어넣었다.

"네가 애 아빠냐? 아빠야?"

"……넌 엄마 해라."

"내가 왜 엄마야! 아빠지!"

"문제는 그게 아닐 텐데?"

티스는 샨에게 술잔을 건넸다. 그러고는 율케스에게 톡 쏘아붙였다.

"한창 분위기 좋았는데 그걸 또 초 쳐야겠냐? 응?"

"네놈이야말로 여기까지 와서 꼭 술이 필요한가?"

둘이 싸움으로 정신 팔린 사이 샨은 다시는 안 뺏기게 술잔을 꽉 두 손으로 붙잡았다. 그러고는 킁킁 냄새를 맡았다. 확실히 우유를 타니 알코올 냄새가 줄어들었다.

그는 한 모금 마시며 입술을 축였다.

'맛있다!'

보드카 특유의 텁텁한 맛이 우유에 많이 중화되었다. 거기다가 각설탕이 천천히 녹아들며 단맛도 느껴졌다. 샨은 볼 가득히 꿀꺽꿀꺽 들이켰다.

정신을 차려보니 술이 전부 없어졌다. 아쉬운 마음에 다시 티스에게 술잔을 내밀었다.

'더 주세요오오오.'

티스는 성의 없이 술잔을 받아들었다.

"아, 진짜! 다 하는 일이라고, 재 봐라. 여자 손을 잡아 봤겠냐. 아니면 어디서 술이나 마셔 봤겠냐. 이러면서 다 크는 거다?"

보드카와 우유를 섞고는 새끼손가락으로 휘휘 저었다. 우유가 모자랐는지 이번에는 보드카의 양이 압도적으로 많았다. 대신 각설탕 세 개.

"네놈에게 머리가 있긴 한가? 저러다 사고라도 치면 그 책임은 누구한테 가지? 그 책임을 일일이 네가 질 텐가?"

"그러면서 크는 거지, 이럴 때 놀지 언제 또 놀아?"

"네놈이 안 노는 날이 있기는 한가?"

"뭐?"

티스는 술잔을 내려놓았다. 샨은 내려놓은 술잔을 집어 들고는 꼴깍꼴깍 마셔 댔다. 아까보다 훨씬 빠른 속도로 잔을 비워갔다.

이윽고 그가 붉어진 얼굴로 술잔을 입에서 뗐다.

"푸핫!"

얼굴에 피가 쏠리며 어쩐지 기분이 좋아졌다. 그는 다시 티스에게 술잔을 건넸다.

'더 줘요오오오오!'

티스는 그냥 아예 병째로 내려놓았다.

"너는 몰라, 인마. 저런 게 더 위험하다고. 쟤 저대로 크다가 꽃뱀이라도 만나면 훅 간다. 사람이 놀아 볼 줄 알아야 바른 어른이 되는 거야."

그의 이론에 근거한다면 저 밖에서 삥 좀 뜯고 가래침 좀 뱉고 있는 아이들이 제국의 가장 푸르른 새싹이 되시겠다. 율케스는 기가 막히는지 눈썹을 찌푸렸다.

그동안 샨은 홀짝홀짝 술잔을 비웠다. 그 옆에서 카이가 샨의 입술을 핥았다.

"나도, 나도! 마마-."

"웅, 우웅 카이도 이로온 것도 마쇼 봐야…… 히끅, 차

칸…… 히끅…… 어르은 용이 되겠지이?"

샨은 배시시 웃으며 카이에게 술을 따라 주었다. 카이는 잔에 머리를 처박고 폭풍흡입하기 시작했다.

"카이, 조아아?"

"마아마아가 두 명이 되었다아, 조아아! 조아, 조아아!"

"나도 카이 좋아아!"

샨은 카이와 함께 뒹굴었다.

"네놈은 언제나 그런 식이다. 그러니까 지난번 일도……."

문득 율케스는 뭔가 허전한 걸 깨달았다. 옆을 돌아보니 샨과 카이가 보이지 않았다. 그대신 바닥에는 보드카 병이 나뒹굴고 있었다.

"어떻게 된 거지?"

티스가 시트에 몸을 바짝 누였다.

"글쎄에, 어디론가 갔겠지."

율케스는 티스의 멱살을 붙잡았다.

"설마 그 한 병을 다 준 거냐?"

"좋은 경험이 되겠지."

"네놈은……!"

"왜 그래? 이 자리에는 너도 있잖아. 아빠라면 어떻게든

해 보지 그랬어? 아니면, 집중하면 아무것도 안 보이는 버릇이 아직도 안 고쳐진 건가?"

"……!"

율케스는 샨을 찾으러 문을 박차고 나갔다. 티스는 혼자 남아 샨이 떨어뜨리고 간 술병을 집어 들었다. 빈 술병에는 호박색 보드카 한 방울이 홀로 남아 또르르 구르고 있었다. 티스는 쿡쿡 웃으며 남은 한 방울까지 삼켰다. 그가 흥얼거리듯 말했다.

"검사로서는 최고겠지만, 보모로서는 최악이라니까."

11.

같은 시간, 크롬은 독방에서 혼자만의 시간을 즐기고 있었다. 마이어하트 가문은 무척이나 정치적인 가문이었고, 어릴 때부터 그를 추종하는 추종자들이 많았다. 그의 수족이 되는 고마운 충견들이 있지만 이런 충견들 사이에 있다 보면 혼자 있는 시간이 무척 소중해진다.

차장을 미리 매수해서 독방을 얻은 것은 좋은 선택이었다.

그는 혼자만의 시간을 음미하기로 했다.

트렁크에서 마른 손수건을 꺼낸 그는 웅크리고 앉아 명품 로이비드 구두를 벗어 정성스럽게 닦기 시작했다. 제국의 명품 브랜드 로이비드에서 만든 구두로 겨울 한정으로 나온 상품이었다.

마이어하트 가문은 대대로 명품을 좋아하기로 유명했다.

그의 할아버지는 적에게 암습당했을 때 이렇게 말했다.

'제길, 내 가르뎅 셔츠!'

물론 드래곤 나이트가 칼 한 번 찔린다고 죽지야 않겠지만, 그 셔츠는 제국에서 열 개만 출하된 명품 중의 명품이었다.

오죽하면 셔츠가 들어오는 날, 할아버지는 모시러 가야 한다고, 셔츠님을 모시러 가야 한다며 그 자랑스러운 실버 용 에르메스까지 끌고 날아가셨다. 그리고 암습을 당하고 회복된 후, 그 셔츠가 무슨 꼴이 되었는지 알았을 때 할아버지는 참으로 서럽게 우셨다.

'내 몸은 나으면 되지만 셔츠는, 셔츠는 돌아오지 않아.'

어머니는 말했다. 그 셔츠, 무덤을 안 만들어 준 게 용하다고.

조부님의 명품 사랑은 아버지 대에 이어져 이제는 크롬에게도 내려왔다.

구두 닦는 걸레마저도 연금술사 길드에서 나온 한정품을 사용하는 크롬은 그 큰 덩치로 웅크려 앉아 구두를 위아래로 닦으며 흡족해했다.

이윽고 얼굴이 비칠 정도로 구두가 광택을 뿜어내자 그는 뿌듯한 얼굴로 내려놓았다. 이제는 같은 브랜드 셔츠의 주름을 펼 차례였다. 그 후, 그가 가지고 있는 모든 명품과 요즘 특별히 아끼는 베르델, 겨울 한정판 크리스털 시계와 자신의 명품 용 플라멜에게 인사하고 마지막으로 가르뎅 표 잠옷으로 갈아입고 나면 잘 준비가 끝난다.

그는 두 번째 트렁크를 꺼냈다. 그랬다. 크롬에게는 명품 전용 트렁크가 따로 구비되어 있었다.

흡족한 얼굴로 셔츠를 꺼내려는데 누군가가 방문을 여는 소리가 들렸다.

"혼자 있고 싶다고 말했을 텐데?"

그의 충견 중 하나라면 주인의 낮은 목소리에 기가 죽어 나갔을 것이다. 그런데 밖에 있던 사람은 거침없이 문을 열었다.

"안뇨오오옹— 히끅! 반가워."

샨이 빨개진 얼굴로 손을 흔들었다. 샨의 어깨에서 카이가 날개를 퍼덕였다.

"마마, 친구! 안녀어엉."

카이가 불의 용 플라멜을 향해 날아갔다. 플라멜은 노골적으로 싫은 티를 냈다.

샨이 방긋방긋 웃었다.

“카이가아 친구 보고 싶다고오 해서 놀러와찌이.”

“친구, 카이 친구우우!”

크롬이 이마를 찌푸렸다.

“보아하니 술에 취한 것 같은데, 꺼져라.”

“크로미는 술 안 마셔어? 이상하다아. 티스가 다 마신다구 했는데에?”

“내가 왜…… 큭.”

샨은 성큼성큼 안으로 들어왔다. 그 순간 크롬이 내려놓은 명품 구두 로이비드를 밟고는 엎어지는 게 아닌가.

“으핫!”

크롬이 비명을 질렀다.

“안 돼에에에!”

샨은 몸을 부스스 일으켰다. 발아래에 뭔가 밟히긴 했다. 내려다보니 웬 구두가 찌그러져 있었다.

“아하하! 구두 귀엽다아.”

크롬은 숨 한 번 쉬지 않고 음울하게 중얼거렸다.

“타우렌 가죽을 5년간 무두질하고 디자이너가 3개월의 고뇌 끝에 디자인한 제품을 30년 경력의 장인이 손수 한 땀 한 땀 바느질해서 출하한 명품 중의 명품, 제국 20켤레 한정판 내 로이비드 구두가……."

"구겨진 구두는…… 히끅! 다시 펴면 되잖아아…… 히끅 발자국 때무네 그래에……?"

샨은 구두를 집어 들더니 침을 퉤퉤 뱉어 소매로 닦기 시작했다. 크롬이 비명을 질렀다.

"그만둬! 이 야만인아!"

그 순간 샨은 구두 위에 오바이트를 했다.

"안 돼에에에! 으아아아악!"

열차는 길고 방음 시설이 잘 되어 있었다. 황제께서 직접 명령해 만든 특제 마나 열차지만, 이토록 설계자가 원망스러운 적이 없었다. 객실 하나하나 열어 보다가 문득 인기척을 느꼈다.

율케스는 인기척이 느껴진 곳으로 달려가 문을 열었다.

문을 열자마자 술 냄새가 훅 끼쳐 왔다. 방 안에는 샨이 바닥에 웅크리고 있었고 크롬은 이 세상의 고뇌를 다 가진 표정으로 샨의 등을 두드리고 있었다.

술에 취한 샨은 어째서인지 훌쩍훌쩍 울고 있었다. 율케스는 안도의 한숨을 내쉬었다.

"겨우…… 찾았다."

샨은 계속해서 울고 있었다.

"히끅…… 미안해…… 미안해."

율케스가 크롬을 노려보았다. 말 그대로 찢어 죽일 것 같은 살기에 크롬은 저도 모르게 변명을 했다.

"미리 말하지만 내가 울린 거 아니다."

"그럼 저게 술버릇이라고?"

"술 먹고 질질 짜는 놈 처음 보냐?"

"……"

꽤 대중적인 술버릇이긴 하다. 율케스는 한숨을 쉬고는 샨을 끌어당겼다.

"안 가아, 안 갈래에에에…… 히끅."

"왜 안 가는데?"

율케스의 질문에 크롬은 세상 다 산 표정을 지었다.

"화이트 타워의 봄 한정 브랜드 향수 때문이지."

"우유 냄새 조아아…… 히끅……."

"빌어먹을! 남자가 좋아하는 신상 베스트 파이브."

크롬은 이마를 짚으며 고뇌에 차 있었다. 오늘따라 10년은 늙어 보였다. 율케스가 샨의 어깨를 잡아당겼다.

"가자."

"시러, 시러어!"

막무가내다. 율케스가 한숨을 쉬며 물었다.

"그 향수 또 있나?"

"저기."

깨진 향수병이 바닥에 나뒹굴고 있었다. 초호화 크리스털 병에 담긴 향수는 말 그대로 병아리 눈물만큼 담겨 있었다. 그 병아리 눈물마저 열차 카펫이 모조리 흡수하고 말았다.

방 안은 난장판이었다.

율케스가 진지하게 물었다.

"오늘 밤 여기서 재우면……."

"안 돼."

"하다못해 반대편 침대에서……."

"안 돼."

한 번만 더 말을 걸면 전쟁이라도 할 기세였다. 율케스는 결국 결론을 내렸다.

"……그러면 벗어라."

크롬이 한숨을 쉬었다.

"그 방법밖에는 없나?"

"아니면 재우든가."

"절대 안 돼."

크롬은 결국 입고 있던 셔츠 단추를 풀어 내렸다. 셔츠 아래로 명문가 자제답지 않은 단련된 몸이 드러났다. 크롬은 흰 셔츠를 샨에게 건네줬다.

"이거나 먹고 꺼져라, 제발."

율케스는 샨을 끌어당겼다. 샨은 그제야 순순히 끌려 나갔다. 크롬이 이를 갈며 말했다.

"저 새끼, 술 깨면 전해라. 내가 죽여 버린다고."

"샨, 가자."

율케스에게 업히다시피 끌려 나가며 샨이 히죽히죽 웃었다.

"히끅…… 안뇨옹…… 바이바이이……."

두 사람과 용 한 마리가 폭풍처럼 사라졌다. 홀로 남은 크롬이 쓸쓸히 욕설을 퍼부었다.

"제길, 내 로이비드 신상!"

12.

율케스는 샨을 업고 복도를 걸어갔다. 카이는 샨의 품 속에서 곯아떨어졌고 샨은 아직도 울고 있었다.

"미안해……, 히끅! 미안해요."

뭐가 그리 미안하다는 걸까?

술 처먹고 우는 놈을 처음 보는 것도 아닌지라 율케스

는 신경 쓰지 않고 계속해서 걸었다. 달빛이, 시리도록 하이얀 달빛이 그가 박살 냈던 천장 사이로 내려왔다.

샨은 그의 등에 눈물을 뚝뚝 떨어내며 누군지도 모를 사람에게 사죄했다.

"미안해요……, 미안해요."

그러고는 긴 숨을 토하며 마지막 한마디를 내뱉었다.

"……엄마."

"……"

문을 열고 객실로 들어오자 트럼프 카드가 율케스를 향해 칼날처럼 휙 날아왔다. 율케스는 가볍게 손가락 사이로 카드를 탁 받았다.

티스가 나른한 목소리로 물었다.

"그래서 뭐라고 그래? 마이어하트가의 도련님은."

"어떻게 안 거지?"

"글쎄."

율케스는 샨을 침대에 내려놓았다.

"……부탁이니 평범한 사람처럼 굴어라. 네 그런 점 때문에 다들 널 못 죽여서 안달인 거니까."

"알고 있어, 내가 이렇게 구는 건 네 앞에서뿐이니까. 아니, 한 명 더 늘었나?"

티스는 샨을 힐끗 바라보았다.

율케스는 샤의 옷매무새를 정리하고는 이불을 덮어 주었다. 샤은 크롬의 수제 명품 셔츠를 인형처럼 껴안고는 몸을 웅크렸다.

티스가 말했다.

“애기 코트 안에 회중시계가 있을 거야. 그것 때문에 잘 수가 없더라고.”

율케스는 샤의 코트에서 시계를 꺼냈다. 티스가 보자마자 대답했다.

“버려, 신경 쓰여서 미쳐 버릴 거 같아.”

“왜?”

“태엽 방식 시계잖아. 2개의 큰 톱니바퀴 안에 3개의 작은 톱니바퀴, 소리를 들어 보니 6개가 추가로 맞물려 있네. 톱니 부딪치는 소리가 미치게 싫어.”

율케스가 물었다.

“만약 이거, 소중한 물건이라면?”

“술 취했잖아. 잃어버려도 자기 탓하겠지, 나와는 관계없어.”

샤은 규칙적인 숨소리를 내뱉었다. 깊이 잠들었다는 건 알지만 율케스는 잠깐 망설였다. 티스가 눈은 가늘게 뜨고 웃었다.

“율케스, 너 옛날과 많이 달라졌네.”

"그때로 돌아갔으면 좋겠나?"

"아니, 지금이 더 사람 같아."

티스는 율케스에게 시계를 뺏어 들고는 창문을 벌컥 열었다. 창문밖으로 얼음 같은 밤바람이 쏟아져 들어왔다. 티스가 물었다.

"점쟁이들은 저 애를 보고 악운이니 불운이니 하지. 너는 운명을 믿어?"

율케스가 대답했다.

"믿어, 그럼 너는?"

티스의 눈꼬리가 부드럽게 휘어졌다. 붉은색 눈동자가 불길하게 빛났다.

"……아마 없지 않을까?"

그러고는 시계를 창밖으로 내던졌다.

금빛 시계가 어둠 속에서 아련하게 부서졌다. 그 모습을 아무 감흥 없이 바라보며 티스는 태연하게 창문을 닫았다.

"이제 잘 수 있겠네."

"나는 나가지."

율케스가 나가다 말고 뭔가 생각났는지 입을 열었다.

"아, 그 친구가 전하더군. 이번 학기에 3황자와 4황자도 어떻게든 들어올 거라고."

"알고 있어, 소리 없는 전쟁터가 되겠지."

"그래."

율케스는 그 말을 끝으로 문을 닫고 나갔다.

샨은 신음을 지르며 눈을 떴다. 우유 냄새가 나서 팔을 벌려보니 누군가의 셔츠가 그 자리에 있었다.

"어?"

티스는 자고 있었고 창밖에는 흐린 빛이 새어 들어왔다. 커튼을 여니 이른 새벽이었다. 샨은 천천히 기억을 되짚어 봤다. 술을 마셨던 건 기억나는데, 그다음은 좀처럼 생각나지 않았다.

"음, 잘 잤다."

샨은 자고 있는 카이의 배를 꾹 눌렀다.

"우우웅, 마마아- 더 마실래에."

더 자고 싶은지 배를 뒤집고 다시 눕는다. 어쩔 수 없이 샨은 코트를 걸치고 혼자 문을 나섰다. 일어나는 시간이 원체 칼 같다 보니 시계가 없어도 지금이 몇 시인지 알 수 있었다.

다섯 시.

무심결에 코트 주머니에 손을 넣었는데 형이 사 준 회중시계가 잡히지 않았다.

"……"

아무리 찾아도 없자 샨은 트렁크에 들어 있겠거니 생각하고는 열차 뒤로 걸어나갔다. 그러고는 열차 가장 뒤쪽 칸막이 문을 열었다.

시원한 바람이 빨려 들어왔다.

"푸하!"

역시 아침 공기를 맞아야 정신이 든다. 그러고는 샤워실로 향했다. 어쩐지 몸이 더러워져 있었다. 바닥에 구른 것도 같고, 시큼한 냄새가 나는 뭔가가 머리카락에 눌어붙어 있었다.

꼭지를 틀자 저녁때보다 더 차가운 물이 얼굴을 두드렸다.

"으으으!"

알테리온 가문에서 아침에 냉수마찰 정도는 일도 아니라지만 그건 인내심이 생겨서이지 추운 걸 뜨겁게 만드는 초능력이 생긴 건 결코 아니다. 추운 건 추운 거다.

냉수마찰을 10년을 했든 20년을 했든 추운 건 싫은 거다.

샨은 대충 씻어내고는 꼭지를 잠갔다.

샤워실에는 자신밖에 없었다. 그는 수건을 대충 허리에 두르고는 배꼽 아래로 천천히 숨을 들이쉬었다. 그러고는 가슴으로 숨을 내뱉기를 반복했다.

다리는 어깨너비로 벌리고 팔은 천천히 원을 그리며 움직였다.

굉장히 느리게 움직이고 있음에도 그의 몸에서는 땀이 올라왔다. 몸이 따뜻해지는 걸 느끼며 샨은 계속해서 다음 단계로 움직였다.

—알테리온 권법 제1식, 정중동

알테리온가의 선조는 원래 동대륙에서 온 이주민들이었다. 그랬기에 검술도 권법도 이쪽 대륙과는 조금 달랐다.

샨의 흰 팔이 휘었다 감겨오기를 반복했다. 기를 담지 못할 뿐이지 하나같이 치명적인 살법들이었다.

이윽고 그의 주먹이 한 점을 통해 방출되었다.

투웅—!

제법 묵직한 음이 공기를 후려쳤다.

샨은 땀에 흠뻑 젖은 얼굴로 한참이나 거친 숨을 내리쉬었다.

—알테리온 권법 제4식, 붕권

마나를 사용할 수 없는 샨도 이것만큼은 사용할 수 있었다. 이 기술에서 사용되는 건 마나가 아니다.

정확히는 경력이라고 하는 것으로 몸 자체의 근력을 극대화하는 기술이었다.

구조까지 말하자면 복잡하지만, 원리는 근육으로 만들어 내는 회전력을 손에 집중하여 터트리는 방법이다.

이 붕권은 극에 이르면 마나가 없음에도 일격에 바위를 부술 수도 있었다. 하나뿐인 막내를 혹시 납치라도 해갈까 봐 노심초사하는 형들은 3일 밤낮으로 가르쳤다.

다만 이 기술은 그 위력이 너무 강해서 사용자 역시 몸이 버텨내기가 쉽지 않았다.

샨도 이걸 사용하고 나면 한동안은 움직이기도 힘들었다.

"하아, 하아……."

한참 숨을 몰아쉬다가 문득 누군가의 시선을 느꼈다. 율케스가 그 자리에 서 있었다.

그는 지친 기색으로 눈가를 매만졌다.

"잘 잤나?"

"아, 응. 율케스 씨는?"

"지금 자러 간다."

여태 날을 샌 모양이었다. 생각해 보니 티스가 율케스를 야행성이라고 말했던 적이 있다. 그는 지친 기색으로 샤워실을 나가 침실로 들어갔다.

그동안 샨은 물기를 닦고는 옷을 입었다. 그때 율케스가 다시 샤워실로 들어왔다.

"어이."

"응? 무슨 일인데?"

"크롬 만나지 마라, 말도 걸지 마. 100미터 밖에서 보더라고 무조건 도망쳐."

크롬 마이어하트를 말하는 건가?

샨이 고개를 갸우뚱했다. 율케스가 진지하게 대답했다.

"발정기야, 사나워."

"엑……?"

"그럼."

그는 그렇게 말하고는 진짜로 자리 돌아갔다. 샨은 머리를 긁적였다. 발정기라 사납다니, 건드리지 말라니. 대체 그게 무슨 말이란 말인가. 아무리 생각하고 또 생각해 봐도 알 수 없었다. 일단 샨은 회중시계를 찾으러 침실로 돌아갔다.

13.

트렁크를 아무리 뒤져도 시계는 보이지 않았다.

"으음……."

티스는 방금 일어났는지 눈을 가늘게 뜨고 물었다.

"얘기, 뭐 찾아?"

"시계 혹시 못 봤어? 은시계인데, 음…… 크기는 요만하고 위에 나비가 그려져 있어."

"시계?"

샨이 고개를 끄덕였다. 티스는 곰곰이 생각하는 척 눈을 굴리다가 입을 열었다.

"소중한 물건이야?"

"셋째 형이 선물한 거야. 본 적 있어?"

티스는 방긋 웃었다.

"아니, 없는데?"

"어쩌지."

"술 취해서 떨어뜨린 거 아니야?"

"술? 내가 취했었어?"

티스는 눈동자를 도르르 굴리더니 다시 이불을 덮고 누웠다.

"더 잘래."

"그러지 말고 말해 봐!"

"하암, 귀찮은데……."

지독한 마이페이스다. 샨은 그의 이불을 탈탈 흔들었다.

"말해 줘! 말해 줘!"

티스는 그제야 눈꺼풀을 조금 열었다. 그러고는 침대에 있는 그 셔츠를 가리켰다.

"그거, 크롬 거야."

"응, 으으응? 무슨 일이 있었는데."

"그거, 나라면 돌려주러 안 갈 거야. 진짜로! 진심으로 충고하는 거니까 들어."

"내가 빌린 거야?"

"……진짜로 더 잘게, 좋은 꿈."

그러고는 정말로 자 버렸다. 샨은 셔츠를 한참 바라보았다. 간밤에 무슨 일이 있었는지 머리가 빠개지도록 고민해 보았지만, 생각이 나지 않았다.

셔츠에서 우유 향기가 났다.

상아를 깎아 만든 단추라든가 소매 끝에 정성스럽게 들어간 자수만 보아도 엄청난 고급 셔츠일 게 분명했다. 그러나 이미 그건 셔츠라기보다는 휴지 조각에 가깝게 꼬깃꼬깃 구겨져 있었다.

"몰래 돌려주고 가면 되지 않을까."

그래, 간밤에 무슨 짓이라도 저질렀을라고.

샨은 구겨진 셔츠를 최대한 펴보려고 노력한 후—물론 부질없는 시도였지만— 옷걸이에 걸어 크롬의 객실을 찾았다.

얼마나 찾았을까.

신입생들 모두 크롬의 객실을 알고 있었다. 대체, 어째서 모르는 놈이 없는지 신기할 따름이었다.

그때 객실 문이 벌컥 열리면서 크롬이 마침 밖으로 나오는 게 아닌가!

"헉!"

샨은 숨을 삼키며 음식 수레 뒤에 몸을 숨겼다. 크롬의 목소리가 들렸다.

"그랬나, 그래서 아버님은 뭐라고 말씀하시지?"

"예, 분쟁이 일어날 바에는 은 광산 채굴권을 넘기는 게 좋지 않겠냐고……."

크롬 옆에는 안경 쓴 소년이 함께 걸어갔다. 굉장히 차가운 표정을 짓고 있었는데 크롬과 꽤 오래 알고 지낸 사이인지 대하는 게 자연스러웠다. 물론 자연스럽다 못해 막 대하는 건 크롬 쪽이었다.

"그걸 왜 넘겨? 그깟 영지전이 무서워서? 우리는 마이어 하트 가문이야. 대체 여기서 조무래기 같은 년놈들에게 굽혀서 어쩌겠다는 거지?"

청년이 말했다.

"바스커빌가는 조무래기는 아닙니다만 영지전에는 스페

셜리스트들이죠."

"아, 빌어먹을…… 100년 전통의 미친 개새끼들……."

말투가 거칠었다. 때마침 무지막지하게 저기압인 모양이었다. 샨은 몸을 더욱 낮췄다. 이렇게 숨어 있다가 크롬이 완전히 객실을 나가면 몰래 셔츠만 던져 주고 오면 될 일이었다.

좋아. 할 수 있어.

샨은 기합을 내며 주먹을 불끈 쥐었다. 그때 하녀가 하필 그가 숨어 있는 음식 수레를 끌고 갔다.

"……."

셔츠를 들고 웅크리고 앉아 주먹을 불끈 쥐고 있는 소년의 모습이 처량하게 드러났다. 하다못해 다른 수레 뒤에 숨었다면 아니, 하녀가 조금만 늦게 도착했다면 이런 일은 없었으리라.

크롬이 천천히 시선을 돌렸다. 그러고는 샨과 눈이 마주쳤다.

"너 이 새끼……."

그 순간 그의 눈에서 분노의 광선이 폭발했다. 샨은 저도 모르게 손을 흔들었다.

"아, 아디오스!"

그 순간 샨은 몸을 던지듯 도망가기 시작했다. 크롬은

들고 있던 서류마저 집어던지고 샨을 잡기 위해 달려갔다.

차장이 그들에게 소리를 지르려다가 상대가 지체 높은 마이어하트 가문의 도련님이라는 사실을 깨닫고는 입을 다물었다.

샨은 죽어라 달렸다. 정말 죽어라 미친 듯이 달렸다. 그러나 거리가 벌어지기는커녕 점점 좁아져만 갔다.

"거기 서!"

"서면?"

그가 대답했다.

"……죽인다!"

힐끔 뒤를 돌아보았다.

죽일 듯이, 눈빛만으로도 상대를 능지처참할 것 같은 크롬이 달려오고 있었다.

잡히면 죽·는·다!

"그, 그럼 안 서면?"

"……나중에 죽인다!"

"……!"

샨은 젖먹던 힘을 다해 달렸다. 그러나 때마침, 정말 재수 없게도 누구 것인지 모를 술병이 앞으로 굴러 오고 있었다. 샨은 다이내믹하게 술병을 밟고는 앞으로 장렬히 고꾸라졌다.

콰아앙!

엎어진 샨을 향해 불쌍하다는 한마디 없이 크롬은 그의 뒷덜미를 꽉 잡았다.

“헉, 허억…… 잡았다. 허억…… 이 망할 토끼 새끼, 뛰는 거 하난 더럽게 잘 뛰네.”

샨이 말했다.

“따, 딱히 너 때문에 도망친 거 아니다.”

그 말에 크롬이 음산하게 뇌까렸다.

“뭐? 다시 말해 봐.”

“……미안해. 무슨 일이 있었는지는 모르겠지만, 죽을죄를 지었어. 무조건 내 잘못이야.”

그러니까 살려줘.

그러나 크롬의 얼굴에는 일말의 동정심도 남아 있지 않았다.

“따라와. 또 토끼면 죽는다.”

그러고는 대답도 듣지 않고는 샨을 질질 끌고 갔다.

샨이 지나가는 학우들을 향해 눈빛으로 말했다.

‘살려줘어어어!’

샨의 눈망울에 일말의 동정심을 가진 사람도 크롬의 죽일 것 같고, 찢어 죽일 것 같고, 얼려 죽일 것 같은 눈빛 앞에 아무것도 할 수 없었다.

그저 못 본 체해 주는 게 그를 위한 배려일 뿐.

마치 도살장에 끌려가는 소처럼 샨은 아무 말도 못하고 질질 끌려갔다. 그리고 샨 앞에는 도살장 대신 크롬의 증오가 기다리고 있었다.

"박박 닦아!"

샨 앞에 내려진 건 크롬이 가진 명품들의 산이었다. 이걸 모조리 닦고 다리고 펴야 했다. 대충 소매로 닦으려던 샨의 손을 잡아채고는 연금술사 브랜드의 양모 수건을 쥐여 주었다.

"조심해라. 라 플랑세 브랜드는 신성하다. 오래된 것이든 신상이든."

이글이글 타오르는 눈동자를 보고 있으니 실수를 한 번이라도 더 했다가는 열차 밖으로 던져 버릴 기세다.

샨은 고개를 세차게 끄덕이고는 수건을 집어 들고 열심히 닦기 시작했다. 온종일 닦아도 결과가 안 날 정도로 많고 많고 또 많았다.

본가에서 온 서류를 받아 넘기면서 크롬이 물었다.

"그냥 30배 무는 걸로 끝내지그러나? 너희 집안에 그 정도 돈은 있잖아? 혼이야 나겠지만."

그쪽이 훨씬 효율적이고.

그는 작게 중얼거리며 서류에 사인을 했다. 샨은 고개를 저었다.

"안 돼, 그런 돈 없어."

"뭐?"

"지난번에 황제께 받은 봉록도 우리 먹고살 것만 빼고 전부 가난한 사람들 기부했는걸. 아버지가 돈은 많을수록 안 좋대."

그랬다. 그래서 셋째 형은 그 아버지에게 반항하겠다고 집 나가 돈 벌고 있다. 물론 셋째 형에게 몰래 부탁하면야 해결 가능하겠지만, 아버지를 거치지 않고 부탁하는 건 불가능하거니와 이런 일로 형에게 걱정을 끼치고 싶지 않았다.

"이상한 집안이군, 그 정도 무력이면 영지전을 나가도 바스커빌가를 뛰어넘는 재물을 긁어모을 텐데."

"살생을 해야 할 때도 언제나 누군가를 지키거나 나라를 위해서일 때뿐이야. 안 그러면 아버지한테 죽어."

그랬다. 정말 배고플 때 아니면 토끼 한 마리도 못 잡았다. 그나마 요즘 '막내를 위해서'라는 명목이 생겨서 대형 마수들이나 좀 잡고 다니지 그전에는 바위나 깨고 폭포나 자르며 보내야 했다.

크롬은 목을 우두우두 풀었다.

"그런 건 위선이다. 인간은 언제나 무언가의 생명을 빼앗아 살아갈 수밖에 없어. 그렇게 강한 무력을 지녀놓고 살생은 안 된다고? 흥! 지나가던 개가 웃겠군."

"……."

"뭐, 너희 집안이 거렁뱅이인 건 알겠으니 몸으로 갚아라. 제대로 광 내. 내가 됐다고 할 때까지."

"거, 거렁뱅이 아냐!"

"그러면 비렁뱅이."

"아냐!"

샨은 볼을 빵빵하게 부풀렸다. 눈앞에 있는 라 플레르인가 라 플랑셰인가 하는 가죽 장갑이 깃을 바짝 세우고 있었다. 그냥 봐도 광이 나는 걸 대체 어딜 더 닦아서 광을 내라는 건지 알 수 없었다.

생각 같아서는 발로 콱 밟고 싶은 걸, 그것까지 밟았다가는 분명히 집에 연락할 거고, 아버지는 가주씩이나 돼서 마수 사냥을 나가서 뿔 팔고 가죽 팔고 심장 팔아 돈 벌어 올 게 분명하기 때문에 참았다. 셋째 형에게 말한다면 돈이야 갚을 수 있겠지만, 아버지 자존심에 절대로 말할 사람이 아니었다.

그러나 눈앞에 산처럼 쌓인 명품들의 산을 보고 있자니 그냥 집에 불어 버릴까, 진지하게 고민이 되었다.

그때 크롬이 버럭 소리를 질렀다.

"그렇게 한곳만 닦으면 가죽 늘어져!"

서류만 읽고 있는 줄 알았건만 이쪽은 대체 어느 틈에 본 걸까?

샨은 다른 곳으로 수건을 옮기며 마음속으로 주문을 외웠다.

늘어져라! 늘어져라!

14.

보통 가문의 후계자가 벌써부터 실무에 뛰어드는 건 드문 일이다. 그것도 아카데미에 입학하는 와중에 굳이 우편용으로 서류까지 건네줄 정도는 아니었다. 그러나 크롬은 온종일 일했다.

서류를 꼼꼼히 살핀 후에 사인하거나 누군가의 안면을 향해 집어던지거나 영지전도 불사하겠다며 불을 뿜어내는 게 일과였다.

그동안 샨이 닦고 펴고 다린 것들은 고작 절반밖에 되지 않았다.

너무 힘들어서 반쯤 늘어져 있는 동안 크롬은 샌드위치

를 씹으며 본가에 보낼 편지를 작성하고 있었다.

문득 그가 엎어져 있는 샨을 보았다. 샨이 반짝거리는 눈망울로 자신을 바라보고 있었다.

'주세요…….'

천하의 티스도 거절하지 못한 다람쥐 눈망울을 크롬은 차가운 미소로 응답했다.

"한 조각에 1200닉스다. 먹을래?"

"……됐네요."

저놈에게 뭘 얻어먹느니 죽지.

샨은 정말로 다람쥐처럼 볼을 빵빵하게 부풀리고는 안 보는 사이에 열심히 한곳만 벅벅 닦아냈다.

늘어져라! 늘어져라!

그때 문이 엄청난 기세로 부서질 듯 열렸다.

콰아앙!

율케스였다.

창밖을 바라보니 벌써 노을이 지고 있었다. 크롬이 의기양양하게 물었다.

"여어, 도련님, 너도 좋은 구경하게?"

율케스는 쿵쿵 걸어오더니 샨의 팔을 잡아당겼다.

"데려간다."

못 이기는 척 끌려가려던 샨의 다른 팔을 크롬이 꽉 붙잡았다.

"안 돼, 아직 다 안 했어."

"그 정도면 충분히 했다. 뭐가 더 남았나?"

"누구 마음대로 데려가려는 거지?"

두 사람은 한참 동안 서로 노려보았다. 그때 티스가 안으로 들어왔다.

"여어, 곧 도착한다고 교복으로 갈아입으라는데."

그 말을 끝으로 샨은 해방될 수 있었다.

율케스는 앞서 걸어갔다. 무척이나 화가 나 있는 것처럼 보였다. 결국 도착할 때까지 샨은 한 마디도 걸 수 없었다. 이윽고 그가 뒤를 돌았다.

"분명히 말했을 텐데, 100미터 밖에서 보면 튀라고."

티스가 샨 대신 대답했다.

"그렇다고 그 비싼 셔츠를 먹고 튈 수는 없잖아? 거기다 안 찾아갔으면 크롬, 본인이 왔을걸? 뭐, 나라면 죽어도 잡아뗐겠지만."

샨은 머리를 긁적였다. 물론 거기까지 생각하고 갖다 준 건 아니었다. 그냥 남의 것이니까 돌려준 것뿐이었다. 티스가 팔을 쭉 펴고 기지개를 켰다.

"어찌 되었건 오늘은 푹 자둬, 도착은 내일 아침이니까."

"어? 아까 말한 건……."

"당연히 거짓말이지."

티스는 새삼 뭘 다시 물어보느냐는 목소리로 말했다. 샨은 한숨을 쉬고는 종종걸음으로 티스를 따라갔다.

Chapter 2

율케스의 비밀

1.

다음 날 아침, 열차 방송에 부스스 눈을 떴다.

[종점, 드래곤 스콜라, 드래곤 스콜라에 도착합니다.]

티스가 샨을 흔들어 깨웠다.

"어이, 애기야, 교복 입어야지."

티스는 이미 교복을 입고 있었다. 샨은 트렁크를 열어 교복을 꺼냈다. 어두운 붉은빛이 도는 조끼에 바지는 딱 달라붙는 재질로 활동하기 좋게 만들어져 있었다. 전체적으로 두꺼운 천으로 만들어져 있어서 겨울용이라는 걸 알 수 있었다.

벨트에는 검을 꽂기 좋게 소드 홀더가 따로 달려 있었

는데 샨은 가보인 알테리온 소드를 꽂았다. 샨은 왼손에 용 장갑과 어깨에 있는 가죽 보호대를 꼈는데 드래곤 테이머들에게 특별히 지급되는 것으로 용이 쉽게 어깨나 팔에 앉을 수 있도록 고안되어 있었다.

옷을 갖춰 입고 나오니 마침내 터널의 끝이 보였다.

쏟아지는 빛 속에서 수십 개의 다리가 모습을 드러냈다.

"우와아!"

샨은 탄성을 내뱉으며 밖을 바라보았다. 강을 잇는 다리에는 저마다 마나 열차들이 달려가고 있었다. 마치 강줄기가 바다로 흘러가듯 수십 개의 철로를 따라 전 제국에 있는 학생들이 이곳으로 모여드는 것 같았다.

신입생은 이 열차뿐이 아니었다.

티스가 말을 이었다.

"사실 드래곤 스콜라는 이곳에 있는 학교 중 하나일 뿐이지."

"학교 중 하나?"

다리는 강을 넘어 섬에 도착했다. 강 가운데에 있는 섬은 꽤 거대했다. 수없이 많은 학교가 모습을 드러냈다. 티스가 샨을 향해 어깨를 으쓱였다.

"그래, 사실은 섬 자체가 거대한 아카데미 도시에 가까워."

그때 창밖으로 수십 마리의 우편 용들이 날아올랐다. 샨의 일생에서 단연코 이렇게 많은 용을 본 적이 한 번도 없었다.

티스가 노래를 흥얼거리듯 말을 이었다.

"그 자체가 고대 유적이자 일곱 개의 마법사의 탑이 모여서 만들어진 섬, 성(聖) 셉텐트리오네스(Septentriones). 앞으로 우리가 있을 곳이야."

열차는 다리를 빠져나오며 도시 안으로 미끄러졌다. 거대한 도시 안에는 일곱 개의 탑이 하늘을 찌를 듯 서 있었다. 곧이어 달팽이 껍질처럼 이어지던 선로는 마침내 드래곤 스콜라를 향해 빨려 들어갔다.

"야! 야! 율케스! 일어나! 교복은 입어야지! 안 일어나? 이거 버리고 가야 하나?"

샨은 보다 못해 율케스를 두들겨 깨웠다.

"도착했어! 교복으로 갈아입으래!"

비몽사몽으로 널브러져 있는 율케스를 겨우 일으켜 옷을 갈아입혔다. 몸집이 크니 옷 입히는 것도 무척 힘들었다.

율케스는 하품을 하며 잠이 덜 깬 눈으로 샨에게 인사했다.

"좋은 아침."

샨이 손을 흔들며 대답했다.

"조, 좋은 아침."

율케스는 다시 잠이 들었다. 그 거대한 체구가 점점 앞으로 기울어지는 광경은 꽤 장관이었다. 샨은 율케스를 어깨로 받치고 다시 깨웠다.

"내려야 해, 일어나! 율케스!"

율케스는 그제야 눈을 반쯤 떴다.

"데려가 주라."

샨이 티스에게 간절하게 도움을 청하는 눈으로 바라보았다. 그러나 티스는 주변을 힐끗 바라보았다. 그러더니 표정을 바꿔 이렇게 말하는 게 아닌가!

"둘이 그렇게 친해지다니 이렇게 기쁠 수가 없구나. 친우들이여, 잘 있게나. 내 둘의 오붓한 시간을 방해하지 않겠네."

그게 아니라 도와 달라고, 나쁜 놈아!

샨은 간절한 눈으로 SOS를 보냈다.

"아하하, 그럼 이따 보세."

티스는 미소로 그의 눈빛을 무시하고는 유유히 열차를 빠져나갔다. 잠에 빠진 율케스를 끌고 가는 게 얼마나 힘든지 10년간 뼈저리게 느낀 자의 현명한 선택이었다.

거기다 티스의 양팔에는 언제 사귀었는지 모를 여학생

둘이 있었다. 마침내 아이들이 빠져나가기 시작했다. 샨이 비명을 질렀다.

"무……무거워어!"

이대로라면 지각이 분명했다. 입학식 첫날부터 늦을 생각은 추호도 없었다. 그때 크롬이 샨의 좌석을 지나쳤다.

샨이 간절한 눈으로 그를 바라보았다. 크롬이 말했다.

"설마 지금 나보고 도와달라는 건가?"

"……아, 안 될까?"

"꺼져! 비렁뱅이."

그는 그렇게 말하고는 밖으로 나갔다. 샨은 난생처음 목 뒤로 피가 거꾸로 도는 느낌을 받았다. 이게 형들이 말하는 빡 도는 기분이구나. 샨은 놈의 뒤통수를 바라보며 생각했다.

처음 느껴보는 신선한 기분이었지만, 두 번 느낄 건 아니었다.

샨은 율케스를 흔들어도 보고 소리도 질러봤다. 그러나 녀석은 일어날 생각을 하지 않았다.

그동안 아이들은 빠져나갔고 빠져나갔으며 빠져나갔다.

"……"

그리고 열차에는 샨 혼자 남았다는 사실을 깨달았다.

190센티미터 거구의 짐 하나와 트렁크 두 개만이 처량하게 남아 있을 뿐이었다.

"아……."

망연자실해 있는 샨을 향해 카이가 날개를 파닥였다.

"마마-, 배고파?"

"아니야, 카이."

샨은 이를 뿌득 갈았다. 이렇게 된 이상 어떻게든 끌고 입학식에 가는 수밖에 없었다.

"일어나! 어서 일어나, 좀!"

크와악, 이렇게 어이없이 첫날부터 찍힐쏘냐!

샨은 억지로 팔을 잡아당겨 몸을 일으켰다. 얼마나 무거운지 그저 상체를 세우는 것도 숨이 차올랐다. 율케스가 그제야 눈을 가늘게 떴다.

"음, 지금 몇 시지?"

"지각이라고! 다들 갔단 말이야!"

"그런가……."

그러고 다시 자려는 게 아닌가! 샨은 그의 어깨를 탈탈 털었다.

"자지 마! 자지 마!"

"음……."

그는 눈썹을 살짝 찌푸렸다. 이윽고 호주머니에서 무언

가를 꺼냈다. 각설탕이었다. 그는 각설탕 두 개를 입에 넣고 오독오독 씹었다. 당분이 몸에 돌자 눈의 초점이 조금 돌아왔다.

"그래……, 그럼 가지."

그는 검을 대충 홀더에 꽂아 넣고는 트렁크를 끌고 앞으로 걸어나갔다.

열차에서 내리니 역 안은 텅 비어 있었다. 좀 전까지만 해도 인솔하는 교사가 있었지만, 가버렸는지 아무도 보이지 않았다. 샨은 한숨을 쉬었다. 이 넓은 섬에 학교가 어디 있는지 전혀 알 수 없었기 때문이었다.

율케스는 생각에 잠기다가 입을 열었다.

"미안하다."

"……."

미안하다는 말로는 지금 상황이 해결되지 않는다. 일단 샨은 역 바깥으로 나갔다. 같은 교복을 입은 아이들을 찾을 수 있을까 하는 실낱같은 기대를 품었지만, 학생은커녕 먼지 하나 보이지 않았다.

"지각이군."

그걸 이제야 알다니 둔한 건지 머리가 어떻게 된 건지 모르겠다. 두 사람은 일단 걸어가기로 했다. 이른 아침이라 상점은 전부 닫혀 있었고 행인도 보이지 않았다. 마법 물약을 파는 상점과 서점들이 거미줄처럼 이어져 있었다.

상점 사이에 큰 건물이 보였다. 학교인 건 맞지만 저게 드래곤 스콜라인지 확실치 않았다. 두 사람은 아무 말도 하지 않고 걸어갔다.

율케스는 샨을 힐끗 바라보았다. 샨은 입술을 굳게 다물고 있었다. 첫날부터 어이없는 지각에 열 받은 모양이었다.

트렁크가 보도블록 위를 지나가며 돌돌거렸다. 어쩐지 신경에 거슬렸다. 이윽고 율케스가 말했다.

"지름길로 가자."

"지름길?"

"큰길로 가면 늦다. 골목으로 곧장 가면 더 빨리 도착할 거다."

그 나름의 사과 방식이었다. 샨이 고개를 끄덕였다.

"응, 그편이 낫겠어."

율케스는 걸음을 서둘렀다. 성큼성큼 앞서 가다 뒤를 돌아보니 샨이 한참 뒤처져 있었다. 자신이 그렇게 빨리 걸었나 하면 그것도 아니었다. 샨의 체력이 약한 건 짐작하고 있었지만, 이렇게 약할 줄은 몰랐다. 율케스는 샨의 트렁크를 뺏어 들었다.

"아, 괜찮아!"

율케스가 퉁명스럽게 대답했다.

"나 때문에 늦었으니 그 대신이다."

그러고는 다시 골목으로 성큼성큼 들어갔다. 샨은 뛰다시피 그를 쫓아 들어갔다.

골목은 밖에서 보던 것보다 더 복잡했다. 굽이굽이 이어지는 골목을 반쯤 지나갔을 즈음 뭔가 가죽을 때리는 소리가 들렸다. 경험상 샨은 이게 사람을 치는 소리라는 것을 단번에 알아챘다.

골목 사이로 평범한 40대 중년 아저씨가 보였다. 무슨 일이라도 당한 건지 그의 옷은 피와 땀으로 흠뻑 젖어 있었다. 샨이 그에게 말을 걸기도 전에 둔탁한 소리와 함께 아저씨가 쓰레기통에 처박혔다.

그의 머리 뒤로 한 소년이 나타났다. 눈매가 족제비처럼 가느다란 소년이었다. 이상하게도 이 소년도 샨과 같은 학교의 교복을 입고 있었다. 소년 뒤에는 근육 덩어리들이 서 있었는데, 얼굴인지 걸레인지 가늠이 안 될 정도의 흉터 자국들이 여기저기 나 있었다.

소년이 말했다.

"끌고 가십시오. 모두 잡느라 수고하셨습니다."

"과장님! 이놈은 어떻게 할까요?"

"이런 이런, 그걸 질문이라고 물으십니까? 우선 아내 분과 자제 분께 상의를 한 후 염전이나 광산에 팔아 버리는 게 일반적인 방법 아니었습니까?"

"아, 죄 죄송합니다!"

샨은 얼빠진 표정으로 과장님이라 불린 그 소년을 바라보았다. 그러고는 눈이라도 마주칠까 싶어서 걸음을 재촉했다. 문득 시선이 느껴졌다. 옆을 돌아보니 '과장님'은 부하들을 독촉하고 있었다. 다행히 이쪽을 눈치챈 건 아닌 모양이었다.

셋째 형이 말하길 일반인이 저런 부류와 얽히면 무조건 손해이니 빨리 도망치는 게 상책이라고 했다. 샨은 서둘러 트렁크를 끌었다. 그러나 샨이 지나가기 무섭게 '과장님'이 뒤를 돌아보았다. 웬 예쁘장한 소년이 트렁크를 끌고 가고 있었다. 그때 그가 붙잡고 있던 중년이 도망치려 했다. 과장님은 놈의 명치를 무릎으로 찍고 담배를 입에 물었다. 과장님의 시선을 눈치챈 덩어리가 물었다.

"형님 괜찮겠습니까? 제가 붙잡아 확 그냥……."

"됐습니다, 어느 집안 자제인 줄 알고 그런 짓을 하나요."

"그래도 경고라도 할 수 있는 것 아닙니까."

"정말 괜찮습니다, 시간은…… 많으니까요."

그는 담배도 속담배를 피워 올리며 손가락을 까딱였다. 교복을 봐서는 신입생이었다. 그가 다시 말했다.

"그래요, 시간은 정말 많지요."

그는 웃옷 주머니에서 두꺼운 뿔테 안경을 꺼냈다. 안경을 쓰니 가느다란 눈매가 완전히 감춰졌다. 영락없는 모범생이었다.

담배를 쥐고 있는 손이 능숙하지만 않았다면 그런 일은 없었으리라. 그는 넥타이를 조금 느슨하게 매고는 트렁크를 들었다.

"모두 오늘 수고하셨습니다. 그러면 전 등교합니다."

"예엡! 다녀오십시오!"

"그럼 방과 후에 다시 뵙도록 하죠."

과장님은 앞서 간 미소년을 따라 어슬렁어슬렁 걸어갔다.

한편, 율케스는 뒤늦게 샨이 없어진 것을 깨닫고는 왔던 길을 되돌아왔다. 샨이 어색하게 미소 지었다.

"잃어버린 줄 알았어."

"대체 어디가 한눈을 팔고 다니는 거냐."

샨이 고개를 저었다.

"아, 아무것도 안 봤어. 아무것도!"

"뭐?"

"아무것도 아니라고."

뭔가 미심쩍긴 하지만 더는 묻지 않았다. 그때 학교에서 종이 울리기 시작했다. 이게 시작종이라는 것을 모를 리 없는 율케스는 걸음을 서둘렀다.

빨리 걷는 걸로는 도무지 학교가 가까워지지 않았다. 율케스는 샨을 붙잡고는 달리기 시작했다.

"뛰자!"

율케스가 달리기 시작하자 그 속도는 샨이 쫓을 게 아니었다. 손을 놓았다면 진작 넘어졌을지도 모른다. 사실 몇 번인가 엎어질 뻔한 걸 율케스가 붙잡았다.

샨 평생 이토록 달려 본 적은 없었다. 허파가 터질 것 같았다. 숨을 쉴 때마다 목구멍이 아팠다. 심장이 터질 것처럼 부풀어 올랐다.

학교 앞에는 거대한 인공 호수가 자리를 잡고 있었다. 호수 사이에 긴 다리가 있는데 다리가 둘로 나뉘어 천천히 위로 올라가기 시작했다.

이대로 다리가 끊어지면 언제 다시 건너갈 수 있을지 알 수 없었다. 급경사가 펼쳐지자 샨의 걸음이 점점 늦춰졌다. 율케스가 말했다.

"포기하긴 일러."

그는 트렁크를 건너편으로 집어던지고는 샨을 짐짝처럼 들었다. 갑자기 시야가 높아지자 샨이 비명을 질렀다.

"으악, 놔! 내려놔!"

"좀 참아."

"뭐, 뭐하려는 건데?"

"건너가야지."

"무리야! 이 거리에서는 무리라고!"

그는 바동대는 샨에게 말했다.

"꽉 붙잡아, 떨어지기 싫으면."

"뭐, 뭣?"

율케스의 창백한 피부에 힘줄이 도드라졌다. 그는 앞으로 내달리기 시작했다. 양팔을 힘차게 휘저으며 앞으로, 앞으로, 앞으로. 마치 범이 토끼를 덮치듯 그는 맹렬한 속도로 달려갔다. 샨은 그를 붙잡은 팔에 힘을 주었다. 긴 다리가 땅을 박찰 때마다 풍경은 뒤로 뒤로 밀려 나갔다.

이윽고 그가 다리를 박찼다.

샨의 망막 위로 인공 호수가 떠올랐다. 햇살이 이렇게 밝았던가. 샨은 눈을 가늘게 뜨고는 멍하니 생각했다. 구름이 깃털처럼 날아올랐고, 공기가 검은 머리칼 사이로 헤엄쳤다. 블라우스가 금빛으로 부풀었다. 놀란 눈으로 바라보는 행인들의 머리카락까지 하나하나.

카이가 샨의 어깨 위에서 말했다.

"마마-, 날았어!"

샨은 숨을 멈췄다. 햇살이 손끝 위에서 부서졌다. 멈춘 세상 위를 율케스는 날아올랐다. 그의 은색 귀걸이가 부딪히며 청아한 소리를 냈다. 그리고 월면에 착륙하는 토끼처럼 그는 건너편에 발자국을 찍었다. 그러나 이미 다리가 올라가며 급경사를 만들었다. 이대로라면 기껏 착지해도 비탈을 굴러야 했다. 보통이라면 전치 4주, 샨의 체력이라면 팔다리 하나씩은 꼭 부러질 테니 빨리 회복되는 체질을 감안하더라도 전치 2개월은 예상했다. 샨은 눈을 질끈 감았다. 율케스가 말했다.

"눈 감지 마라."

율케스는 검을 뽑아 들었다. 그러고는 다리 표면에 검을 꼽았다. 검기가 솟아오르며 다리 표면을 갈라냈다. 검이 다리 표면을 긁으며 불꽃이 튀기 시작했다. 그러나 미끄러지는 속도는 점점 줄어들기 시작했다. 마침내 비탈을 완전히 내려왔을 때, 그는 망설이지 않고 검을 버렸다.

창강-.

검이 충격을 이겨내지 못하고 부러졌다. 율케스는 미련없이 검을 버렸다.

"못 쓰겠군."

그의 셔츠가 땀으로 흠뻑 젖어 있었다. 샨은 후들거리는 다리로 겨우 트렁크를 집어들었다. 표면이 완전히 찌그러져 나갔다.

그때 교문을 지키고 있던 어느 교수님이 이쪽으로 뛰어왔다.

"너희들 거기서 뭐 하는 거니? 세상에!"

뒤를 돌아보니 간발의 차이로 학교를 잇는 교각이 완전히 닫혔다. 샨은 가슴을 쓸어내렸다.

2.

드래곤 스콜라, 모든 전설의 요람.

유명한 역사학자 니콜라스는 저서에서 이렇게 언급했다.

> **'일곱 개의 마탑과 일곱 개의 신비가 묻혀 있는 도시,**
> **이 셉텐트리오네스(Septentriones)에서 드래곤 스콜라는**
> **특히 신비한 곳이다.'**

샨은 그의 저서를 모두 읽었다. 조그만 침대 위에서 몇 번이고 몇 번이고 되풀이해서 읽었다. 몇 페이지에 어떤 글이 있는지 하나도 빠짐없이 기억했다.

'과거 마도 시대 때 이 드래곤 스콜라가 무슨 목적으로 만들어졌는지 전해지지는 않는다. 다만 최초의 마법사가 만들어진 곳이며 대정화 시기를 거쳐 아카데미의 기능을 하게 되었다. 그리고 이 아카데미 지하에는 미로처럼 이어져 있는 거대 유적 카타콤과 어떤 용도로 사용했을지 짐작할 수조차 없는 마법 유물들이 아직도 남아 있다.'

"따라오너라."

교수님은 앞장서서 걸었다. 샨은 구절을 하나하나 기억했다.

학교를 둘러싸고 있는 인공 호수 위에 드래곤 스콜라는 양 날개를 펼치고 서 있었다. 교정을 따라 길게 이어진 기둥에는 창립 이후 이 학교를 빛낸 영웅들이 조각되어 있었다. 기둥의 숫자는 총…….

"일흔한 개."

교수는 샨을 슬쩍 바라보고는 계속해서 걸음을 걸었다. 학교는 잔디밭을 감싸듯 반원의 형태로 건설되어 있었다. 하늘에서 보면 학교는 마치 초승달 모양처럼 보였다. 그 초승달을 따라 건설된 일흔한 개의 기둥에는 역대 졸업생들의 마력이 담겨 있는 것들로 이 학교를 수호하는 룬(Run)이 양각되어 있었다.

한 시대의 영웅이 자신의 전성기, 학교의 안녕을 기원하며 기둥을 받쳤다. 대단한 영광이었다. 건립 역사가 천 년이 넘는 이 학교에 이 기둥을 세울 수 있는 영웅은 고작 일흔한 명.

그나마 200년 전 이 학교를 졸업한 드래곤 메이지가 기둥을 세운 게 마지막이었다. 그 이후 200년이 지난 지금도 학교가 인정한 영웅은 나오지 않았다.

한 명도, 단 한 명도.

학교 그 자체가 고대 유적인 이곳을 이르러 옛 학자들은 이렇게 불렀다.

"테라리움(Terrarium)."

교수는 다시 걸음을 멈췄다. 예습을 해오는 학생들은 많아도 신입생 중에 이 학교의 역사에 대해 그토록 자세하게 알고 있는 이는 드물었다. 테라리움, 몹시도 오래된 이름이었다. 신입 교수들조차도 이곳의 고대 이름을 기억하고 있는 이는 드물었다. 그녀는 내색하지 않았지만 걸음을 조금 늦춰서 걷기 시작했다.

입학의 감동을 조금 더 길게 누릴 수 있도록.

대강당에 도착하자 마침 교가가 울려 퍼지고 있었다.

강당 천장에는 수백 마리의 작은 용들이 천장에 붙어 노래를 부르고 있었다.

샤의 눈이 반짝반짝 빛났다.

"우와아! 음파 용들이야!"

책에서 본 적 있었다. 음파 용들은 알에서 깨어날 때부터 장님으로 태어난다. 대신 소리에 무척이나 민감해서 그들은 초음파를 쏘아서 반사되는 음파로 먹이를 감지한다. 과일이나 작은 곤충을 먹는 녀석들로 기억력이 무척 좋아서 한 번 들은 소리를 평생 기억할 수 있다.

거기다가 같은 무리에서 여러 마리를 키우게 되면 무리의 목소리를 기억해 수십 킬로미터 밖 무리의 소리까지 들을 수 있는데, 단거리 통신 수단으로 사용한다.

거기다가 잘 조련된 음파 용은 노래를 부르면 인간의 성대로는 낼 수 없는 음역까지 부를 수 있다. 그러나 그만큼 환경에 예민해서 인간의 손에서 자라면 번식을 하지 못하고 금방 죽는 데다 조련을 시키는 비용도 무척 많이 드는 진귀한 용이었다.

카이가 음파 용을 향해 피막을 부풀렸다. 음파 용들은 카이를 힐끔 내려다보더니 노래를 계속했다. 마치 고래의 자장가처럼 울려 퍼지던 노랫소리가 천천히 잦아들었다.

티스가 샨을 알아보고 손을 흔들었다.

샨과 율케스는 티스 뒤로 붙었다. 티스가 속삭였다.

"왜 이렇게 늦은 거야? 꼴은 왜 그렇게 엉망이 된 거고?"

"설명하자면 길어."

용들의 노래가 끝나자 모두 박수를 쳤다. 티스가 말했다.

"저거 우리 교가란다."

"이 노래를 사람이 부르라고?"

"뭐, 사람은 좀 봐주지 않을까?"

티스는 둘이 도착하기 전 입학식이 어디까지 거행되었는지 귀띔했다. 다행히 가장 지겨운 총장의 훈화는 끝난 모양이었다. 의자에 엉덩이를 붙이기가 무섭게 율케스는 다시 팔짱을 끼고 졸기 시작했다. 샨은 그냥 자게 내버려두었다.

"이제 뭐 남은 거야?"

"반 배정."

이윽고 여 교수님이 단상 앞으로 나섰다. 샨은 깜짝 놀라 그녀를 바라보았다. 아까 자신들을 강당으로 안내한 그 교수님이 아니었던가.

그녀는 훤칠한 키를 곧게 펴고는 모두를 둘러보았다. 흰색 셔츠에 정장을 입었는데 길게 쭉 뻗은 다리 아래로 보이는 검은색 힐 굽이 무척이나 높았다. 티스는 휘파람을 부르며 그녀의 다리를 열심히 주시했다.

그녀가 말했다.

"입학을 축하합니다. 저는 앞으로 여러분에게 '마법 문자와 이해' 과목을 가르칠 미스텔이라고 합니다. 지금부터 반 배정이 있겠는데요, 배정을 위한 간단한 테스트를 할 예정이니 당황하지 마시고 호명에 따라 문으로 입장하시면 됩니다."

낭랑한 목소리에 맞춰 다른 교수님들이 강당 뒤에 드리워진 커튼을 내렸다.

커튼이 내려가며 그 뒤에 문이 드러났다. 학교 교각 앞에 있던 정문만큼이나 커다란 문이었다. 문에는 두 마리의 용이 양각되어 있었고, 그 문 아래에 작은 쪽문이 나 있었다. 교수님들이 연 건 쪽문이었다.

그녀가 말을 이었다.

"안이 다소 어둡더라도 당황하지 마시고 협력해 주시길 바랍니다, 나올 때는 뒤쪽의 지정된 줄에 서 주시면 되겠습니다, 이상입니다."

그리고 한 명씩 호명되기 시작했다.

'만약 테스트가 엉망으로 나오면 어떡하지?'

샤은 벌써부터 가슴이 조마조마했다.

티스는 태평한 표정으로 목 뒤로 깍지를 꼈다.

"해마다 있는 시험이래, 성적에는 반영 안 되나 봐."

"어떻게 치는 시험인데?"

"음, 글쎄 무슨 시험인지는 나도 들은 게 없어, 하지만 무척 간단한 거라나 봐."

샨은 목울대로 침을 꿀꺽 삼켰다. 샨의 속도 모르고 티스가 말을 이었다.

"기숙사는 다 합쳐서 일곱 개, 그래서 담당 교수님이 일곱 명이라나 봐."

"각각의 기숙사가 달 모양을 본떠서 건설되었다는 건 알고 있어."

"잘 알고 있네, 그럼 각 반을 왜 일곱 개로 갈랐는지도 알아?"

그 이유에 대해서는 책에서 언급한 적 없었다.

"여기에 있는 마탑이 일곱 개거든, 각 마탑에서 교수를 한 명씩 파견 보낸다나 봐. 적탑의 교수라든가, 청탑의 교수님이시라든가."

"왜 그렇게 하는데?"

샨의 눈빛을 바라보며 티스가 부드럽게 대답했다.

"여기는 아카데미이자 동시에 일곱 탑의 전쟁터니까."

"전쟁터?"

"실험대라고도 하지, 해마다 기숙사 성적을 갈라 가장 우수한 탑을 경쟁해. 일곱 탑의 교수님들은 저마다의 방법으로 학생들을 가르쳐. 언제나 가장 많이 승리했던 건 적탑, 레드 타워였고."

샨은 곰곰이 생각하다가 다시 입술을 열었다.

"왜 그렇게까지 하는 건데?"

"이상과 현실 중에 어느 쪽 이야기를 원해?"

샨은 망설이다가 결국 대답했다.

"둘 다."

"이상적인 건 일곱 탑이 서로 교육으로 경쟁함으로써 뛰어난 인재를 키워 내기 위함이고 현실적인 건…… 예산 분배지."

"예산 분배?"

"제국에서 이 아카데미 도시에 지원하는 돈은 한정되어 있어. 일곱 개의 탑들은 더 많은 예산을 얻고 싶어 하지. 연구비는 매년 적자거든. 그래서 이걸로 실적을 보이는 거야. 우리는 이만큼 키워 내고 있다고."

"그런……, 그건 이상해. 예산 유치를 위해 공부를 시킨다니."

"뭐, 다 그런 거 아니겠어. 흑탑이나 안 걸리길 기도해."

"흑탑?"

"네크로멘서가 담임이라고 생각해 봐라, 일 년 내내 해골만 볼걸? 으으으, 작년에 그 반에 기절한 선배들도 꽤 많다고 하더라."

샨은 고개를 끄덕였다. 한편으로는 부디 티스나 율케스와 한 반이 되길 기도 또 기도했다. 두 사람과 같은 기숙사가 된다면 흑탑이 돼도 좋았다. 혼자 떨어지는 건 너무 싫었으니까.

물론 크롬과는 절대로 다른 반이 되고 싶었다.

아이들은 차례차례 빠져나갔다. 절반이 넘게 빠져나갔을 즈음, 티스의 이름이 불렸다.

"티스 이타카르."

티스가 웃었다.

"형님 다녀온다."

샨이 불안한 표정으로 그를 바라보았다. 티스가 대답했다.

"괜찮아, 괜찮아. 나 간다!"

그는 트렁크를 끌고 문으로 향했다. 이윽고 율케스도 호명되었다. 샨이 두들겨 깨워도 일어나지 않자 선배들까지 와서 율케스를 흔들었다. 율케스는 그제야 비척비척 일어나 트렁크를 질질 끌고 나갔다. 그리고 이름은 계속해서 불렸다.

아이들은 계속해서 줄어들었다. 샨은 이제는 혹시 입학자 명단에 자신의 이름이 빠진 건 아닐까 걱정될 지경이었다. 그때 익숙한 얼굴이 샨의 옆을 지나갔다.

"단테스 알파도."

그의 이름이 불리자 남은 아이들 사이에 웅성거리는 소리가 커져 갔다.

누구일까? 뭐하는 아이일까?

샨은 아이들 머리 사이로 소년을 보았다.

소년의 얼굴이 드러나는 순간 샨은 저도 모르게 중얼거렸다.

"과장님."

아주 작게 중얼거렸는데도 어떻게 들었는지 소년은 뒤를 돌아보았다. 눈에 띌 만큼 상당한 미소년이었다. 다만 눈 끝이 쭉 찢어져 있어서 어딘가 야비해 보이는 족제비 상이었다. 영리하게도 그는 그 눈매를 두꺼운 뿔테 안경으로 가렸는데, 확실히 겉으로는 모범생의 표본 같았다.

'과장님'은 샨을 바라보더니 방긋 웃었다.

어쩐지 웃음에 살기가 실려 있었다. 샨은 목 뒤가 뻣뻣해짐을 느꼈다.

교각은 올라갔고, 샨보다 늦게 출발했을 텐데 대체 어떻게 들어간 걸까? 그리고 뭐하는 녀석이기에 아이들은 이렇게 술렁거리는 걸까?

본능이 외치고 있었다.

위험하다고, 절대 가까이 가지 말라고.

샨은 숨을 삼키며 부디 저 녀석과 같은 반이 되지 않기를 또다시 기도했다.

이윽고 샨이 호명되었다.

"샨 알테리온."

알테리온이라는 이름이 울리자 장내는 일순간 조용해졌다. 그만큼 검의 명가 알테리온의 이름이 뜻하는 바가 컸다. 드래곤 스콜라만큼이나 긴 역사와 전통을 지닌 알테리온가는 오랜 세월 동안 검의 군주로 군림해 왔다. 그들은 마법이 없어도 강했고, 강했고, 또 강했다.

그런 가문이 드래곤 스콜라에 입학한 일은 전례가 없었다.

샨이 몸을 일으키자 교수들까지 술렁였다.

소년의 허리에 매여 있는 것은 알테리온 소드였다. 검에 대해 아는 사람이라면 누구라도 알테리온 소드에 대해 한 번쯤 들어 본 적 있을 것이다. 그것은 세계에서 여섯 자루밖에 없는 드래곤 슬레이어이고 다섯 번째인 알테리온 소드는 알테리온가의 가주가 아니면 가질 수 없는 검이다.

게다가 어깨에 앉아 있는 카이는 순백의 비늘을 자랑했

다. 품종은 알 수 없었지만, 용의 기품은 아무에게나 나오는 게 아니었다. 카이는 날개를 쭉 뻗어 기지개를 켰다. 자로 잰 것처럼 곧게 뻗은 뼈대에 감탄사가 울렸다.

티스가 샨에 대해 알 만한 사람은 다 알 거라고 했지만, 막상 보니 그렇지만도 않은 모양이었다.

샨은 조금, 아니 조금 많이 긴장해 있었다. 찌그러진 트렁크를 질질 끌고 강당 가운데 붉은 카펫을 밟았다.

알테리온가의 자식이, 그것도 떡하니 드래곤 슬레이어를 홀더에 걸고 있는 소년이 사실 마나를 전혀 쓸 수 없는 반푼이고 알테리온의 13일의 샛별이라고 불린다는 걸 알면 어떻게 될까.

사람들의 시선에 뒷목이 따끔따끔했다. 다리가 후들거려 걷는 것도 힘들었다. 샨은 단상에 올라가 그 뒤쪽의 문으로 올라갔다. 아니 올라가려 했다.

쿠웅!

정신을 차려 보니 바닥에 엎어져 있었다. 단상 턱에 발이 걸린 모양이었다.

보던 사람들은 놀라 말을 잃었다. 웃는 소리도 안 들렸다. 미래의 소드 마스터가 될 알테리온가의 자제가 단상 앞에서 엎어지는 모습은 학교를 향한 고도의 반항인지 진짜로 넘어진 건지 짐작도 할 수 없었다.

"……!"

너무 부끄러워 눈물이 나올 것 같았다. 너무 부끄러워서 턱이 얼얼한 것도 무릎에 피가 나는 것도 느껴지지 않았다. 샨은 도망치듯 문 안쪽으로 들어갔다.

그가 들어가고 한참 후에야 홀이 소란스러워졌다.

3.

문 안쪽은 어두웠다. 샨은 얼굴을 소매로 훔쳤다.

샨의 의사와는 상관없이 조금만 당황해도 예쁘장한 얼굴은 어김없이 혈관이 확장되었다. 누구라도 알아볼 정도로 사과처럼 새빨개지곤 하는데, 흔히 말하는 포커페이스 같은 건 샨에게는 머나먼 이야기였다. 거기다 오늘 이렇게 사고를 치고 말았으니 이제 다들 그를 어떻게 생각할까? 이놈의 다리는 왜 이렇게 시도 때도 없이 넘어지는 걸까? 그리고 형들이라면 이 상황에서 어떻게 할까?

여기는 알테리온가가 아니었고, 샨은 혼자였다. 어둠은 샨의 어깨로 와 카이의 날갯죽지까지 파고들었다. 샨은 계속 앞으로 걸어갔다.

"마마-, 여긴 어디야?"

"……나도 몰라."

문을 열었을 때 몸이 빨려드는 것 같은 기분이 들긴 했다. 마법 중에는 상대를 순간이동 시키거나 어떤 장소로 이동시키는 게 있다던데, 그런 걸까?

샨은 생각에 잠겨 묵묵히 걸음을 옮겼다.

저 멀리서 어떤 소리가 들렸다. 카이가 갑자기 눈을 떴다.

"마마, 가야 해."

"뭐?"

뭐라고 말할 틈도 없이 카이가 샨의 어깨를 떠났다. 그러고는 홀린 듯 날아가기 시작했다. 여기서 카이마저 잃어버리면 난감했다. 샨은 카이를 좇아 달려갔다.

"마마, 어서어서!"

"카이 대체……."

어둠이 걷혔다. 횃불이 있는 곳을 발견했다. 사람이 있다는 뜻이니 샨은 그제야 조금 안심했다. 횃불에 비춰 보니 바닥에 깔린 타일들은 죄다 검은색이었다.

벽 표면에는 어떤 글자가 쓰여 있었다. 고대 문자였다.

"마마, 읽을 줄 알아아?"

"조금. 단어만 알아."

샨은 손가락으로 벽을 짚어가며 천천히 읽어 갔다.

"내가 가로되 빛…… 허공…… 궁창…… 물을 가르다? 어렵다."

그때 등 뒤에서 인기척이 느껴졌다. 뒤를 돌아보니 긴 은발의 청년이 서 있었다.

"누, 누구세요?"

청년은 손가락으로 자신을 가리켰다.

"나?"

"네."

"내가 보여?"

"……네."

시린 눈처럼 아름다운 청년이었다. 여자인가 하고 한참 생각했을 정도였다. 그는 긴 천으로 몸을 둘둘 감고 있었다. 고대인이 즐겨 입던 토가였다. 왼쪽 어깨부터 가슴 아래까지 맨살이 드러나는데도 전혀 부끄럼이 없었다.

흐린 잿빛 머리카락은 본 적이 있었지만, 이런 순수한 은색 머리카락은 한 번도 본 적이 없었다. 진짜 은으로 가닥가닥 짠 것만 같았다. 샨은 조금 무서워졌다.

"저어, 아카데미 분 맞으시죠?"

샨의 말에 그는 깔깔 웃었다.

"맞아 맞아. 아카데미의 누군가다. 그런데 신기하군. 인간이 여기까지 올 수 있다니, 아니면 그 아이가 인도했나?"

"그 아이?"

청년은 카이를 턱으로 가리켰다. 카이가 그의 품으로 날아들었다.

"안녕, 안녕!"

청년은 카이를 안아 들었다. 카이가 샨 외의 사람에게 순순히 안긴 건 처음이었다. 청년은 카이를 두 손으로 안았다.

"그래, 오랜만이다. '춤추는 천칭'이여, 마도 시대 이후에도 너를 볼 줄이야!"

"안녕, 안녕!"

"아직 인간으로 변신하지 못하는 건가? 부화한 지 얼마 안 됐군."

"끼앙?"

"가자."

그는 카이를 옆구리에 끼고 어디론가 가려고 했다. 샨이 소리 질렀다.

"어디로 데리고 가는 겁니까!"

"음? 너 아직도 살아 있었냐?"

"살아 있다니요……?"

"이상하다. 보통이면 이쯤이면 죽었을 텐데."

샨은 가슴을 쓸어보았다. 아픈 곳은 없었다. 위험한 걸

먹거나 숨쉬는 게 힘들지도 않았다. 그런데 아직 살아 있냐고 묻다니, 그는 샨에게 다가왔다.

"잠깐만."

그는 샨의 어깨를 붙잡고는 한 손으로 뺨을 어루만졌다.

"흠, 이상한데?"

"뭐가요?"

"가만히 있어 봐."

그는 샨의 어깨부터 팔 아래, 심지어 손가락 끝부터 겨드랑이 사이까지 손으로 훑어갔다. 그러고는 뭔가 깨달았는지 눈을 크게 떴다.

"너…… 설마 그런 체질이었냐?"

"마나를 못 쓰긴 합니다만."

"헤에, 그래서 목숨을 건진 거구나. 보통은 여기 오면 죽거든."

"죽어요?"

그가 손가락을 탁 튕겼다. 검은색 타일들이 마치 유리처럼 투명해졌다. 땅이 내려다보였다. 타일 아래로 보이는 건 둥글게 뻗어 있는 대지, 그리고 융단처럼 깔려 있는 구름.

샨은 비명을 지르며 주저앉았다. 청년이 장난스럽게 웃었다.

"안 떨어져, 안 떨어진다니까."

유리 너머로 비치는 천장에는 달이 무척이나 가까웠다. 청년은 샤에게 다가왔다.

"온 김에 좋은 구경시켜 주는 거야. 신입생 중 누구도 여기까지 살아서 올라온 녀석은 없었으니까."

샤은 필사적으로 머리를 굴렸다.

"드, 드래곤 스콜라의 숨겨진 유적 중 하나인가요?"

"머리 좋네! 맞아. 여기는 가장 하늘과 가까운 곳, 마력의 근원인 달과 가장 가까운 곳, 보통 사람이라면 마나의 양만으로도 코와 입, 귀 할 것 없이 구멍이란 구멍으로 전부 피를 뿜고 죽어. 삼투압 현상이랄까."

"카, 카이는 왜 여기까지 절……."

"글쎄, 그냥 네가 재수가 없어서 온 것일 수도 있고 아니면 이 녀석이 너한테 좋은 구경시켜 주고 싶은 걸 수도 있지. 원래 '춤추는 천칭'들이 운명을 벗어난 존재들이거든. 걔들 속은 아무도 몰라요."

카이가 날개를 파닥였다.

"마마, 재미있어, 마마도 같이 놀아!"

샤의 속눈썹이 천천히 떠졌다. 맑은 눈동자가 그를 똑바로 바라보았다.

"그러면 당신은 누구죠?"

청년은 샨의 동공 안쪽에 떠오르는 빛을 가만가만 바라보았다. 오싹오싹했다. 해마다 수많은 신입생을 봤지만, 이토록 재미있는 녀석은 본 적 없었다.

흉성(凶星) 아래에 태어나서 마나를 느끼지 못하는 주제에 춤추는 천칭에게 선택받는 이 소년이……

힘줄 끝에서 타고 오르는 소름을 억누르며 그가 붉게 미소 지었다.

"나는 엘이다. 이 학교에서 가장 오래된 존재지."

"엘?"

그는 샨이 차고 있는 알테리온 소드를 힐끗 바라보았다.

"너는 알테리온가의 도련님이군, 히스는 잘 지내나?"

"그분은 제 선조이신데요?"

"그랬나? 죽어 버렸나."

"네? 네……."

"시간이 그렇게나 지났군. 그래! 옛 친우의 핏줄을 만났으니 내가 뭔가 선물을 해야겠군. 지금 입학시험 중이니까…… 흠, 원하는 기숙사가 있나?"

샨이 대답했다.

"어떤 기숙사든 상관없어요. 다만 친구들과 같은 기숙사로 들어가고 싶어요."

"좋아, 어렵지 않지. 친구가 누구지?"

"티스 이타카르, 율케스 란츠크네."

엘이 손을 내젓자 양피지 한 장이 솟아났다. 그는 명단을 읽어 내려가다가 이맛살을 찌푸렸다.

"넌 어떻게 친구를 사귀어도 그런 놈들과 사귀냐?"

"……?"

"됐다, 내가 참견할 게 아니지."

그가 손가락을 튕겼다. 그러자 빛의 구슬이 떠올랐다.

"이걸 따라가. 중간에 길 잃지 말고, 그러면 원하는 곳에 도착할 테니까."

4.

신입생들은 샨을 기다렸다. 한참을 기다려도 샨이 밖으로 나오지를 않았다.

보통 입학시험은 길어야 1분이었다. 그러나 10분이 다 되어가는 데도 나오지를 않았다.

강당 뒤쪽에는 일곱 개의 문이 있다. 처음 들어가는 시험의 문은 그 아이의 적성에 따라 공간을 뒤틀어 적당한 곳으로 이동시켜 준다. 저래 보여도 고대 유물이니 작동

원리야 교수님들이나 알겠지만, 이렇게 시간이 오래 걸릴 일은 아니었다.

신입생은 어둠 속을 걸어가 일곱 개의 문 중 하나를 골라 나오게 된다.

"그리고 보니 신입생 중에 저 안에 들어가서 평생 못 나온 애들도 있다던데."

"그런 괴담을 믿냐?"

선배들이 술렁거리는 소리가 들렸다. 티스는 하품을 하며 문을 응시했다. 기숙사 편성은 꽤 중요했다. 샨이란 녀석이 어느 탑에 배정받을지는 모르겠지만, 만약 다른 기숙사라면 얼굴 볼 일이 별로 없을 것이다.

"뭐…… 그러면 거기까지라는 거지."

그는 시원스럽게 미소 지었다. 율케스는 이 남자가 집착하는 게 있긴 할까 생각하며 다시 졸기 시작했다.

이윽고 문이 열렸다.

샨이었다.

지친 기색으로 그가 밖으로 나오자 청탑의 기숙사생들이 일제히 소리를 질렀다. 물과 흐름의 청탑이 드디어 새로운 신입생을 받은 것이다.

티스가 샨을 향해 손을 흔들었다. 티스의 한쪽 팔에도 청탑의 푸른 스카프가 둘려 있었다. 같은 기숙사였다. 샨은 환하게 웃으며 파란 스카프를 받아 팔에 두르고는 티스를 향해 걸어갔다.

"여어, 별로 놀란 기색이 아닌데?"

샨이 당황해서 얼굴을 붉혔다.

"그, 그게 사람을 만났어. 나보고 어느 탑으로 가고 싶냐고 물어보더라고."

"호? 정말? 누구를 만났다는 건가?"

티스는 눈을 가늘게 뜨고 물었다. 언제나 그랬듯 이런 표정을 짓는 티스는 어딘가 인간이 아닌 것 같아서 오싹했다.

샨은 솔직하게 대답했다.

"응, 이름이 엘이래."

"엘? 재미있는 이름이네."

티스는 그렇게 말하고는 원래의 표정으로 돌아왔다.

"그나저나 셋이 같은 기숙사라니 정말 이런 우연은 없지?"

샨이 고개를 끄덕였다.

"너무 좋아, 얼마나 다행인지 몰라."

누군가가 샨의 어깨를 붙잡았다. 고개를 돌려 뒤를 보니 안경을 쓴 소년이 서 있었다. '과장님', 아니 단테스 알파도라고 불리는 소년이었다.

"이런 이런, 저도 같은 탑이군요."

한 번 들으면 잊을 수가 없는 독특한 억양이 샨의 뺨을 부드럽게 스쳐 지나갔다. 샨은 그대로 얼어붙었다.

"아, 저……."

"단테스 알파도라고 합니다. 뭐 이미 아시겠지만 과장님이라고도 불리죠."

소년은 샨에게 오른손을 내밀었다. 흰색 장갑을 낀 손이었다. 샨은 어색하게 그의 손을 맞잡았다.

"아, 안녕."

"모두 이렇게 청탑에서 만나니 이토록 기쁠 데가 없습니다. 특히 평소 존경하던 샨 님을 만나니 말할 것도 없지요."

그가 미소를 지으니 마치 꽃이 핀 것 같았다. 소년의 미소는 참 아름다웠다. 꽃으로 치자면 끈끈이주걱 정도 되지 않을까, 여름철 활짝 핀 끈끈이주걱.

단테스는 샨의 손을 꽉 잡고 놓지 않았다. 샨은 억지로 웃고 있었지만, 입가에 근육이 푸들푸들거렸다.

"놔, 놔줄래?"

"알테리온가 사람치고는 손에 굳은살이 없군요. 혹시 검을 못 배우신 건……?"

단테스는 샨의 손을 꽉 붙잡고는 놓지 않았다.

"아, 아파……."

티스가 몸을 일으켰다. 그러고는 단테스의 다른 손목을 붙잡고는 꺾어 쥐었다. 그 일련의 동작이 지독하게 부드러워 마치 론도를 추는 것 같았다.

"미인은 끈질기게 구는 사람을 싫어하는 거 몰라?"

웃고 있었지만 엄연한 경고였다. 조금만 힘을 주면 팔이 부러질지도 몰랐다.

단테스는 그제야 샨을 잡은 손을 놓았다.

"뭐 시간은 많으니까요."

"그래, 시간은 많잖아? 네놈에게 할애할 시간이 없어서 문제지."

티스가 손을 놓아주자 단테스는 손목을 우둑우둑 풀었다. 생각보다 힘이 무척 좋았다. 외국에서 온 철없는 왕자쯤으로 생각했는데 이건 제법 사선을 넘어본 놈의 솜씨였다.

그가 손가락으로 뿔테 안경을 추어올렸다. 손가락 사이로 눈빛이 섬뜩하게 빛났다.

"재미있는 사람을 여기서 만나는군요."

티스가 대답했다.

"피차 안 봤으면 좋겠네. 나는 말이야 끈덕진 인간은 질색이거든."

"그런가요? 하지만 저희 집안이 끈질기기로 유명해서요."

그는 인사를 하고 세 사람에게서 멀어졌다. 티스는 그의 등을 보며 몸을 부르르 떨었다. 정말 꽃 같은 남자였다. 꽃같이 아름다운 남자였다.

마치 만개한 끈끈이주걱 같은.

샨이 물었다.

"아는 사람이야?"

"안다면 안달까, 모른다면 모른달까."

단테스는 유명하지 않다. 그러나 알파도 가문이라면 모르는 사람이 없다. 알파도 가문이 귀족 작위를 산 건 최근 일이다. 그래도 귀족가들은 전부터 너나 할 것 없이 알고 있다. 왜냐하면 알파도는 예전부터 귀족가와 반목과 공생을 반복해 온 마피아 집안이니까.

말이 좋아 마피아지 그들 멤버 중에는 글자를 읽을 수 있는 이가 몇 안 됐고, 숫자 계산도 못하는 자가 수두룩했다.

이번에 알파도 가문에서 첫 인텔리가 나왔다는 말을 듣긴 했다.

아카데미에 합격해서 잔치까지 했다는 말도 듣긴 했다.

그게 저놈이라니.

티스가 고개를 젓혔다.

"오늘 날씨는 구름 한 점 없이 맑은데……."

"응?"

"왜 우리 애기 앞날은 그따위로 굴러가나 싶어서."

어떻게 찍혀도 저런 놈에게 찍히는 건지.

티스는 담뱃대를 입에 물었다. 뺏으려는 선배들에게 이건 금연초이니 괜찮다고 바득바득 우기면서.

그때 청탑의 여학우들이 일제히 소리를 질렀다. 무슨 일인가 싶어 샨은 몸을 일으켰다.

청색 문에서 긴 금발의 소녀가 걸어나왔다. 여자아이들의 비명이 광란처럼 이어졌다. 다른 탑에 배정된 신입생 중에는 자기 탑이 아니라고 우는 애들까지 생겼다.

그녀는 마치 대스타처럼 손을 흔들며 청탑을 향해 걸어갔다. 샨이 물었다.

"누구야?"

"바스커빌가의 장녀야."

바스커빌 가문이라면 전에 기차에서 크롬이 분노하며 서류를 몇 번이나 던졌던 그 가문이었다. 영지전의 스페셜리스트로, 요즘 들어 호전적으로 다른 영지들을 흡수하는 탐욕스러운 가문이었다. 어떤 이들은 전쟁의 신이라고 불렀고 어떤 이들은 -특히 크롬은- 그냥 미친개라고 불렀다.

샨이 얼빠진 목소리로 말했다.

"……상당한 미인이네."

"응, 같은 여자애들에게도 인기가 많은 모양이야. 아마 올해 유력한 학생회장 후보일걸."

"크롬은? 그 녀석도 노리고 있던데."

"일단은 우리 아카데미 특성상 남학생이 여학생보다 많으니까 승산은 있지. 하지만 여자들은 죄다 재를 뽑을 거야."

틀린 말이 아니었다.

아름다운 외모에 비해 행동이 묘하게 남성적이라서 여성들이 더 끌리는 모양이었다.

그녀는 문득 샨을 돌아보았다. 샨이 어색하게 인사했다. 그녀는 방긋 미소를 지어 답했다.

천사였다. 여신이었다.

산속에 틀어박혀 있어서 가뜩이나 여자에게 면역이 없는 샨에게 시속 120킬로미터로 날아온 직구였다.

"조심해, 저런 애들이 꽃뱀이다. 콱 물리면 못 벗어나."

티스는 묘하게 그녀를 경계했다.

"이름이 뭔데?"

"지젤, 지젤 바스커빌."

이윽고 기숙사 배정이 끝나자 둥근 안경을 쓴 긴 머리 청년이 걸어왔다.

"좋은 날이군요. 환영합니다. 저는 블루 타워의 3학년, 회장인 카이렌입니다. 앞으로 곤란한 일이 생기면 언제든 절 찾아오세요."

그가 방긋 미소를 짓자 여자 선배들이 홍조를 띠며 나른한 한숨을 내쉬었다. 학생회장답게 꽤 인기인인 모양이었다.

"우선 블루 타워의 기숙사로 안내하겠습니다. 두 줄씩 서서 질서를 따라 주세요."

학생회장을 따라 본관을 지나 기숙사를 찾아 걸어갔다.

아무리 가도 가도 블루 타워의 기숙사가 보이지 않았다. 뭔가 이상함을 느꼈는지 샨이 물었다.

"기숙사가 이쪽이 맞는 걸까?"

티스가 미소 지었다.

"내가 알기로 블루 타워의 기숙사는 상당히 독특한 걸로 알고 있어."

"독특?"

"블루 타워가 주로 물과 흐름을 다루는 건 알고 있지?"

"응, 물을 이용한 마법에 뛰어나고 마나의 흐름 그 자체를 이용할 줄 안다고 알고 있어. 그래서 퀵 캐스팅을 할 수 있는 메이지들이 많고."

퀵 캐스팅. 듣기조차 어려운 고속 영창으로 누구보다 빠르게 마법을 완성한다. 이 기술은 현재의 블루 타워를 만들었다고 해도 과언이 아니다. 마력 그 자체를 다룰 줄 아는 블루 타워는 정통 메이지들을 양산하는 데 유리하다.

"그래서 물 자체를 가까이 두고 늘 느껴야 한다는 게 그들의 지론이야."

이윽고 학생회장은 어떤 작은 별장 안으로 걸어갔다. 하얗고 깔끔하고 고급스러웠지만, 이 인원을 수용하기에는 턱없이 작았다.

학생회장이 입을 열었다.

"지금부터 물의 기숙사를 엽니다. 블루 타워의 학생들만 알고 있어야 하며 들어가는 방법도 매주 바뀌니 잘 기억해두세요. 요즘 같은 시기는 보안이 중요하거든요."

중앙 테이블 위에는 열두 개의 은잔이 놓여 있었다. 그는 세 번째 은잔을 집어 들었다. 은잔 안에는 물이 가득 들어 있었다. 그가 바닥에 물을 뿌리자 물이 마치 살아 있는 것처럼 떠올라 문을 만들었다.

얇은 물의 장막이 펼쳐지자 그가 말했다.

"하늘은 시간을, 불은 소멸을, 물은 공간을 상징하죠.

자, 훌륭한 입구가 만들어졌습니다. 들어오세요."

그가 물의 장막으로 들어갔다. 종이보다 얇은 물의 장막임에도 그의 모습이 보이지 않았다. 정말 다른 공간으로 들어간 걸까.

아이들이 망설이기 시작했다. 그런데 가장 먼저 들어간 사람은 지젤이었다. 그녀는 망설이는 사내들을 비웃기라도 하듯 장막으로 거침없이 들어갔다.

"헛!"

이윽고 그녀의 손이 장막 밖으로 불쑥 튀어나왔다.

"들어와…… 안전하단다."

남자보다 용감한 그녀의 태도에 여학생들의 눈빛이 다시 몽롱해졌다.

"꺄아! 언니이이!"

여학생들이 그녀를 따라 들어갔다. 눈빛을 보니 물의 장막이 아니라 불구덩이라도 따라 뛰어들 것 같았다.

왠지 허탈해진 남학생들도 그제야 따라서 물의 장막으로 들어갔다. 학생들 줄이 빨려 들어가면서 마침내 샨의 차례가 되었다. 샨은 트렁크를 꽉 붙잡고 성큼성큼 장막으로 들어갔다.

눈을 뜨니 전혀 다른 광경이 펼쳐졌다. 샨은 뒤를 돌아봤다. 물의 장막 너머 조그마한 별장 안이 그대로 보였다.

옷이 조금 눅눅하게 젖어 있었다.

"물은 공간을 상징한다고……?"

티스가 장막을 뚫고 나오며 싱긋 웃었다.

"맞아, 보통 책에서는 블루 타워의 장점이 퀵 캐스팅이라고 말하지. 그러나 사실 진짜 장점은 물을 이용한 공간 이동이야. 잘 알려지지도 않았고 준비 기간도 오래 걸리지만, 공간과 공간을 잇는 기술은 상당한 고위 마법이거든."

"하지만…… 학생회장은 너무 쉽게 하던 걸?"

"아마 그건 저 별장 전체가 마법 장치이기 때문이야. 아래 깔린 융단만 해도 룬 문자가 빼곡하게 있었는걸."

"엄청나구나."

책에서도 볼 수 없던 이야기였다. 티스는 대체 이 많은 걸 어떻게 다 알고 있는 걸까? 무척이나 신기하고 신기했다.

"그럼 불의 레드 타워라던가 창공의 화이트 타워는 대체 어떻게 되는 건데?"

"불의 레드 타워는 기숙사 입구가 불로 막혀 있다고 하더라고. 창공의 화이트 타워는 가장 높은 기숙사 꼭대기에 있다던데 계단이 삼천 개가 넘는다지, 아마."

"지, 진짜……?"

티스가 엄지손가락을 치켜들었다.

"화이트 타워 여학생들 다리가 젤 굵어, 알이 아주 꽉 찼어."

"불쌍하다."

"뭐, 그런 식으로 기숙사는 전 세계 마법사들의 일곱 가지 계파를 상징한대. 1학년 때야 공통과목을 배우겠지만, 학년이 올라갈수록 기숙사 고유 마법을 배우게 된다나 봐."

샨은 고개를 끄덕였다. 책으로 알 수 있는 건 늘 한계가 있었다.

긴 복도에는 은은한 물빛이 일렁거렸다. 커다란 실내 목욕탕에서 빛이 반사되면 벽이 이렇게 일렁거리곤 했다. 문득 샨은 위를 올려다보았다.

투명한 천장에는 물이 가득 차 있었다. 머리 위로 물고기들이 떼 지어서 헤엄쳤다. 물 위로 햇살이 쏟아졌다. 학생회장이 말했다.

"벌써 눈치챈 분들도 있겠지만, 우리 블루 타워의 기숙사는 인공 호수 아래에 있습니다. 장담하건대 일곱 개의 기숙사 중에 가장 아름다운 기숙사가 이곳이 아닐까 싶네요."

신입생 모두 감탄사를 내뱉었다. 신입생들의 호응이 마음에 들었는지 학생회장은 조금 격양된 목소리로 말했다.

"물 아래에 있어서 좋은 점은 한 가지 더 있지요. 여름에는 서늘하고 겨울에는 따뜻하거든요. 다른 곳에 비해 습기가 많긴 하지만 마법으로 자주자주 환기하면 되니까요."

그는 긴 머리카락을 흩날리며 계속해서 걸어갔다.

"기숙사 식당은 위쪽 계단을 따라 올라가시면 되고, 식당은 아침 여섯 시부터 밤 열 시까지만 운영합니다. 그 시간 외에 필요한 게 있으시면 기숙사 시종을 부르시면 됩니다. 각 방에 부르는 종이 있으니까 참고하시고요."

그는 모두에게 수업 시간표와 교재 일람표를 나눠 준 후 정중히 허리를 굽혔다.

"그러면 모두 피곤하실 테니 다음에 뵙도록 하죠."

5.

날이 저물자 율케스의 얼굴에 점점 혈색이 돌았다. 세 사람은 식당에서 밥을 먹고는 곧장 기숙사 방으로 들어갔다. 기숙사는 굉장히 큰 편이어서 빈방이 많았다.

환기 마법이 기숙사 내의 공기를 정화해 주었지만, 그래도 조금 눅눅했다.

세 사람이 지낼 방은 식당에서 가까운 곳으로 커튼을 열면 바깥 풍경이 보였다. 유리로 된 창문밖에는 물고기들이 자유롭게 헤엄치고 있었다.

한 방에 침대 네 개가 있고 가운데에는 블루 타워를 상징하는 문양이 그려져 있었다. 샨이 방을 정리하는 사이 율케스는 남은 침대를 입구 밖으로 내놓았다. 침대 옆에 있는 작은 종을 흔들자 시종들이 나와 침대를 옮겨 갔다.

"등록금 값은 하는군."

드래곤 스콜라는 제국에서 가장 비싼 교육기관이다. 장학금 제도가 있긴 하지만 그야말로 소수의 천재를 위한 배려이고, 학생들 대부분은 세력 있는 귀족이나 상인 집안의 자제들이다.

샨은 은색 종을 내려다보았다. 수도 귀족들이야 손끝으로 시종을 부르는 게 당연한 모양이지만 샨은 자신만의 공간이 없어지는 것 같아 조금 어색했다.

사실 알테리온가에도 가솔들이 있긴 했지만, 청소해 주고 밥해 주고 빨래해 주는 정도니 이렇게 일일이 손끝으로 부르지는 못한다.

지하에는 기숙사 공동 대욕탕이 있는데 블루 타워답게 규모가 상당하다고 한다.

원래부터 목욕을 좋아하는지라 내심 기대하고 있었다.

빈 침대를 치우러 간 시종들이 다시 황송한 표정을 지으며 돌아왔다. 그들이 내려놓은 건 다름 아닌 용 전용 침대였다. 카이 같은 어린 용들을 위한 침대로 과일 바구니처럼 생겼다. 침대 안에는 스스로 열을 내는 조약돌들이 잔뜩 깔려 있어 카이는 환호성을 지르며 조약돌 속으로 몸을 파묻었다. 열기가 기분 좋은 모양이었다.

침대 옆에는 옷이나 검, 용 장갑을 넣을 수 있는 수납장이 있었다. 수납장은 위쪽 선반을 뺄 수 있게 되어 있어서 선반을 빼면 책상이 되었다. 샨은 수납장에 대충 트렁크를 욱여넣고는 침대에 엎드렸다.

학생회장이 나눠 준 공지문에는 앞으로 신입생들이 배울 교과목들과 시간표, 그리고 담당 교실에 대해 쓰여 있었다.

1학년은 하루 네 과목만 수업을 듣게 된다. 한 달에 마지막 주는 서클 활동 기간이라고 해서 수업 대신 서클 활동을 한다. 시험은 한 학기에 2회. 상당히 느슨한 편이지만 기숙사 랭킹이 이 시험에 반영되는 걸 생각하면 쉽게 보면 안 된다.

1학년은 검술과 마법 모두 기초를 수강, 처음 1년은 두 가지 모두를 경험해 보라는 취지이다.

또 학비가 비싼 만큼 최고의 인재를 섭외하여 각 탑에

교수로 배치한다. 그래서 학년만 잘 맞으면 한 시대를 풍미한 영웅들에게도 어렵지 않게 배울 수 있다. 겉으로는 헐렁한 분위기라 해도 교수들에게 뭔가 얻어 가는 것은 역시 학생의 역량에 달린 일.

"흠, 어렵네."

샨은 마법에 대해서 전혀 몰랐다. 거기다가 카이의 정체에 대해서는 더더욱 몰랐다. 적어도 무슨 종류의 용인지라도 알았다면 이렇게 초조하지는 않았으리라.

이래도 괜찮은 걸까? 예습이라도 해둬야 하는 것 아닐까?

이런저런 생각을 하다가 샨은 까무룩 잠이 들었다.

달이 솟아올랐다. 기숙사에는 어둠이 짙게 깔렸다. 티스는 이미 여학생들을 만나러 밤 마실 나간 지 오래였고 카이는 날갯죽지에 얼굴을 파묻고 쌕쌕거리며 깊은숨을 토했다.

고요한 밤이었다. 그러나 샨은 악몽이라도 꾸는지 괴로운 표정으로 신음을 내뱉었다. 악몽은 점점 깊어만 갔다.

결국 샨은 비명을 지르며 눈을 떴다.

"헉, 허억……, 어머니!"

잠옷이 땀으로 축축하게 젖어 있었다. 샨의 투명한 눈에 눈물이 맺혔다. 밤은 지독하게 길었다. 샤은 몸을 일으키고는 물을 찾았다. 어둠 속에서 손을 더듬어 봤지만 좀처럼 찾을 수 없었다.

보통 사람들은 아기 때 일은 기억나지 않는다고 하지만, 샤은 모조리 기억하고 있었다. 심지어 돌아가신 어머니의 마지막 얼굴까지도.

샤은 두 팔로 양어깨를 감싸고 흐느끼기 시작했다. 언제나 악몽은 인간을 밑바닥까지 끌어내리고 만다. 이 세상에 꿈꾸지 않고 살 수 있는 인간은 없으며, 꿈은 현실의 뒷면이었다. 그렇기에 꿈은 언제나 죽음보다 냉혹했다.

샤은 이런 날에는 꼭 어머니를 꿈속에서 보곤 했다. 그리고 나면 지금처럼 눈물이 멈추질 않았다.

그때 누군가의 목소리가 서늘하게 귓불을 울렸다.

"괜찮나?"

샤은 눈을 들어 앞을 바라보았다. 호수 위로 보름달이 떠올랐다. 달 아래 흔들리는 물빛 위로 푸른색 눈동자가 서늘하게 떠올랐다. 샤은 다리를 웅크렸다.

"유, 율케스……."

"그래."

율케스는 몸을 일으켜 어둠 속으로 사라졌다. 물줄기가 컵 위로 흐르는 소리가 울렸다. 이윽고 샤의 뜨거운 뺨 위로 무언가가 닿았다.

"읏, 차거!"

"마셔라."

야행성이라고 했던가, 밤에 만나는 율케스는 어쩐지 다른 사람 같았다. 눈동자에 깔리는 빛은 요요했고 목소리에는 옅은 색기가 흘러내렸다.

샨은 컵을 받아 들고는 꿀꺽꿀꺽 목을 축였다. 그럼에도 좀처럼 눈물은 멈추지 않았다. 죄책감은 지독하게 샨의 심장을 잡아 뜯었다.

샨이 물었다.

"네 소중한 누군가 죽은 일이 있어?"

율케스는 눈을 감았다. 은색 물빛이 칼날처럼 차갑게 그의 뺨을 스쳐 지나갔다.

"아주 어릴 때."

"사고였어?"

"아니, 살해당했어."

샨은 눈을 감았다. 눈꺼풀 안쪽에는 아직도 어머니가 달라붙어 있었다. 아버지는 죄책감을 가질 필요가 없다고 했다. 네 잘못이 아니라고 단지 아내의 고집이었다고 네가 태어난 것만으로도 축복이라고.

그러나 눈을 감을 때마다 어머니가 보였다. 어머니는 죽었지만 눈꺼풀 안쪽 어딘가에서 아직도 살아 있었다. 눈을 감으면 아직도 그녀가 떠올랐다. 그녀는 언제나 슬픈 표정으로 샨을 바라보고 있었다.

샨은 긴 숨을 토했다.

"슬펐어?"

"이런 몸이다 보니 별로, 하지만 복수는 해줬어. 첫 살인이었지."

율케스는 단 한 번도 고통을 이해하지 못했다. 평범한 감각은 느낄 수 있었다. 뜨겁다거나 차갑다거나 누군가가 손등을 꾹 누른다거나 하는 느낌은 오히려 남들보다 예민했다. 그러나 통증만큼은 느껴지지 않았다. 그의 어머니는 율케스를 보고 혐오했고 그의 아버지는 하늘이 내린 전사라고 기뻐했다.

"처음에는 곤충, 그다음에는 작은 짐승을 많이 죽였어."

어둠을 모른다면 빛 역시 알 수 없다. 마찬가지로 고통을 이해할 수 없기에 기쁨도 몰랐다. 그래서 그는 남보다 더 잔인했다. 샨이 순진하게 물었다.

"왜 그런 짓을 한 거야?"

"그냥 궁금해서, 고통이 뭔지 알고 싶어서."

"그것뿐이야?"

"응."

"아무도 뭐라고 안 한 거야?"

"……그래, 아무도."

아마 리오 형이나 에론 형이 그런 짓을 했다가는 집안사람들에게 뭇매를 맞았을 게 뻔하다. 아마 아버지는 분골착근이 뭔지 손수 시범을 보이셨을 거고.

그건 비단 알테리온 가문만이 아니었다. 이름 있는 무가(武家)일수록 오히려 살생에는 엄격했다. 율케스의 집안은 어딘가 이상했다.

뒤틀려 있다는 표현이 맞으리라.

율케스가 말을 이었다.

"친구는 있었지, 남에게 이런 몸을 감추는 게 그리 어렵지 않았으니까."

"그랬구나."

"그래도 갈증은 멈추지 않아, 뭐라고는 표현할 수 없지만 슬슬 작은 동물로는 만족 못 하게 되더군. 그래서 큰 동물을 사냥해 봤지만 그것 역시 그때뿐. 왠지 초조해지고 목이 말랐어. 그러다가 일이 생겼지."

"무슨 일?"

율케스는 감았던 눈꺼풀을 천천히 떴다. 물빛은 창백한 그를 감싸 안았다.

"친구가 살해당했다."

"친구가?"

"그래."

"누가 죽였는데?"

율케스가 입을 다물었다.

"그건 말할 수 없어."

샤은 율케스를 바라보았다. 율케스는 샤의 눈동자를 바라보다 입술을 작게 깨물었다. 어째서인지 저 눈이 빤히 바라보면 거짓말을 할 수 없게 된다. 정신 차리고 보면 마음속에 있는 깊은 말도 실토해 버리고 만다.

"정말로…… 그건…… 말할 수 없다……. 다만 내가 아주 잘 알고 있는 사람이라고만 말할게."

"……."

"마침 딸기가 여무는 계절이었지. 딸기 파이를 구워 오는 길이었나 보더군. 친구는 죽었지만 파이는 도착했어. 그 집 어머니는 통곡했고 나는…… 파이를 한 조각 집어서 삼키고 또 삼키고…… 또…… 그렇게 전부 먹어 치웠지. 마지막 조각까지 다 먹어 치우고 밖으로 나가니 비가 내리더군. 비 오는 게 짜증이 나서…… 그래서 그자를 찾아갔지. 친구를 죽인 그자를 찾아가 저질러 버렸어. 갈기갈기 찢어 버렸어. 빗줄기에 섞인 피가 흥건했어. 죽이고 또 죽였어. 살점 하나 남기지 않고."

"……"

그의 목소리에는 광기마저 배여 있었다. 그럼에도 지독하게 달콤했다. 샨은 아무 말도 하지 못했다. 죽음 같은 정적이 이어졌다. 율케스는 다시 입술을 열었다.

"그날 이후로 두 번 다시 밤에 잠들 수 없는 몸이 되었지."

"……"

"이 몸뚱이는 고통을 몰라. 앞으로도 모를 거고, 갈증은 더욱 심해지고 있지. 그렇지만 그때 이후로 호기심 때문에 검을 든 적은 없어. 내가 검을 들 때는 오로지 그에 합당한 이유가 있을 때뿐."

샨은 물을 한 모금 들이켰다. 안타까웠다. 도울 수 있는 게 없다는 게 더 안타까웠다. 그는 목말라했다. 누군가를 죽이고 싶어 안달이 나곤 했다.

"검을 든 이상 누군가를 죽여 왔고 앞으로도 죽이겠지. 그게 생이다."

"무섭지 않아?"

샨의 말에 그가 미소를 지었다. 처음이었다. 그가 그렇게 자상한 미소를 지은 것은.

"짊어지고 가면 돼."

"무엇을?"

"그 업을 모두…… 짊어지고 가면 돼. 그래서 생명의 무게를 아는 검사는 누구보다 강한 거다."

리오 형도, 아르고 형도, 에론 형도, 아버지도 그런 걸까? 그랬기에 누구보다 강한 걸까?

샨은 생각했다.

율케스가 말했다.

"이제 자라."

샨이 고개를 저었다.

"못 잘 거 같아."

율케스는 머리를 긁적였다.

"악몽을 꿀 것 같으면 깨워 주마, 약속하지."

샨은 고개를 끄덕였다. 그는 이불 속에 몸을 파묻었다. 그러고는 천천히 다시 잠이 들었다.

6.

다음 날, 샨을 깨운 건 티스였다. 늦잠을 잔 모양이었다. 아니나 다를까, 해뜨기가 무섭게 율케스는 자고 있었다. 티스와 샨은 율케스를 질질 끌고 교실로 이동했다. 티스가 걸음을 재촉하며 물었다.

“첫 수업이 뭐였냐?”

샨이 대답했다.

“기초 마법 수업…… 음, 우리 담당 교수님이 하실 과목이야.”

다행히 다른 아이들도 비슷한 시간에 출발해서 어렵지 않게 길을 찾아갈 수 있었다. 본관 교실에 도착하자 샨과 티스, 그리고 율케스는 최대한 뒷자리에 앉았다.

수업 종이 울리자 교실 문이 열렸다. 옅은 금발에 사제복을 입은 교수님이 들어왔다. 샨은 문득 이상한 것을 느꼈다. 교수님의 귀가 길게 뾰족하기 때문이었다.

뾰족한 귀라니!

샨이 잔뜩 상기된 얼굴로 말했다.

“교수님 뭔가 이상하지 않아?”

티스가 대답했다.

“엘프 처음 봐?”

“엘프? 정말? 진짜로 엘프야? 책에서나 나오는 거 아니었어?”

티스가 시큰둥한 표정으로 대답했다.

“하긴 넌 시골에 있었으니 엘프는 본 적도 없겠구나.”

책에서 본 대로 정말 엄청난 미인이었다. 엘프 사제님이라니! 마치 전설에나 나올 법한 이야기 아닌가! 교수님은 단상에 서서 출석부를 폈다. 그러고는 안경을 꺼내 쓰고는 출석을 부르기 시작했다. 낮은 톤의 허스키한 목소리였다.

"율케스 란츠크네."

"……."

"자는군."

이윽고 교수님은 담배를 입에 물고 불을 붙였다.

사제님이 그것도 수업 중에 흡연이라니 웅성거리는 소리가 들렸다. 그러나 교수님은 전혀 신경 쓰지 않았다.

그는 분필을 들고 자신의 이름을 썼다.

'에녹 크란츠'

"불행하게도 여러분의 한 해를 책임지게 된 에녹 교수라고 한다. 물과 흐름의 블루 기숙사를 맡게 되었고 정령사의 몸으로 종교에 귀의해서 사제질도 하고 있다. 너희가 좋든 싫든 한 해 내내 날 보게 될 테니 찍히는 일 없게 하도록. 이상."

그때 샨이 발갛게 상기된 뺨으로 왼손을 번쩍 들었다. 에녹 교수님은 귀찮은 표정으로 말했다.

"질문을 받는다는 소리는 없었을 텐데?"

샨이 말했다.

"에녹 크란츠라면 혹시 성 알카데니아 전기에 나오는 대사제 에녹이 맞습니까? 어둠의 진군에 맞서서 물의 정령왕을 소환했다는?"

그 말에 아이들이 웅성거리기 시작했다.

에녹은 담배에서 입술을 뗐다.

"재미있군, 천 년 전 이야기가 아직도 팔리고 있을 줄이야."

"……."

그는 흥미롭다는 듯 샨을 쳐다보았다. 샨은 밝게 상기된 얼굴로 그를 올려다보았다. 이윽고 에녹은 다시 담배를 입에 물었다.

"그래, 질문이니 대답은 해줘야겠군. 그때의 영웅은 죽었다. 지금 있는 건 껍데기지."

그는 의아한 눈으로 바라보는 샨을 무시했다.

"그러면 5쪽을 펼치도록. 이번 주는 수업에 관한 전체적인 설명을 하도록 하지. 기초 마법의 정의는 고대부터……."

7.

수업이 끝나자 점심시간이 되었다. 학교 식당에 도착하기가 무섭게 티스가 책을 집어던졌다.

"으아, 뭔 놈의 교수님이 그따위냐? 첫날부터 수업이라니, 아오! 눈에 칼이 들어와도 피 한 방울 안 나올 새끼."

티스는 무척 짜증스러운지 테이블에 얼굴을 문대며 다리를 흔들었다.

학교 식당은 무척이나 넓었다. 테이블 사이로 하녀들과 하인들이 다니며 음식을 놓았다. 기름진 거위 구이와 달콤한 피칸 파이, 껍질만 바삭하게 구운 돼지고기가 올라왔다. 율케스는 잠에서 갓 깨서 부스스한 얼굴로 대답했다.

"거기에 과제도 얹어 주더군."

"거봐, 미친놈이라니까 학생을 보호해야 할 신관이 학대나 하고 있으니. 담배 다 피우고 교탁에 담배빵하는 거 봤냐? 그게 신관이냐? 조폭이지. 잘하면 이빨 사이로 가래침도 뱉겠더라."

카이가 앞발로 테이블을 내려치자 시녀들이 용을 위한 요리를 내오기 시작했다. 새끼 돼지에 사과를 물려 통째로 구운 구이가 올라왔다. 생고기가 아니면 안 먹던 녀석이 이곳 요리는 뭐가 그리 좋은지 좋아라 달려가 돼지 뱃살에 머리를 박고 폭풍흡입하기 시작했다. 티스가 시큰둥하게 말했다.

"자알 먹는다. 저 많은 게 대체 어디로 들어가는지 몰라. 넌 살도 안 찌냐?"

"살? 살이 뭐야? 마마-."

"아무것도 아니야, 카이."

샨은 카이의 이마를 쓰다듬었다. 확실히 카이는 정말 많이 먹는다. 지금 먹고 있는 양만 해도 성인 4인분이 훨씬 웃돈다. 그런데 몸무게가 조금도 안 느는 걸 보면 엄청 신기하다.

율케스는 초콜릿 퍼지 파이에 설탕 크림을 얹어서 먹고 있었다. 수업 시간에는 자고 있지만 쉬는 시간이나 밥 먹는 시간에는 이렇게 깨어나서 움직인다. 그 시간에는 어김없이 각설탕을 주머니에서 꺼내 천천히 입에 넣고 녹여 먹는다. 당분이 몸에서 돌면 그제야 몸을 움직인다.

샨은 잠시 생각에 잠겼다가 말했다.

"티스."

"응?"

"에녹 교수님 말이야, 책에서 봤던 것과는 무지 달랐어."

마도 시대 이후에 인류는 대정화 시기를 맞이하게 된다. 대정숙이라고도 하는데 경전에서는 악한 인간들을 벌하기 위해 신이 악마를 내려보냈다고 쓰여 있다. 그러나 역사학자들의 말로는 그 시기에 폭발적으로 마법이 발달하게 되었고 지나치게 늘어난 마력의 양 때문에 중간계가 마계와 같아졌다고 한다. 그래서 마족들이 차원의 경계를 넘어 중간계로 넘어온 게 대정숙 시기라고 한다.

아무튼 그 시기에 인류의 3분의 2가 멸망하게 된다.

드워프들은 땅속으로 완전히 자취를 감췄고 엘프들은 몇 안 되는 일족들을 이끌고 숲으로 돌아갔다. 인간족의 성녀가 신탁을 받고 나섰지만 전쟁의 불길은 좀처럼 꺼지지 않았다.

그런 와중에 물의 정령왕을 소환할 수 있는 엘프가 나타났는데 그가 바로 에녹 크란츠.

'퍼스트 워터'를 수호하는 가디언이자 이제는 신록으로 돌아간 하이엘프의 아들이다.

정령왕의 권능은 마왕과 동급이며 아크 드래곤과 견줄 수 있다. 그러나 수호자는 물의 성지 밖으로 나오면 안 되는 게 규칙이다.

'퍼스트 워터'란 말 그대로 창세 때 처음 생긴 물방울이자 이 세계의 물을 만들어 낸 물의 근원이다. 그걸 지키는 게 수호자의 임무이다. 그러나 중간계가 마족들에게 점령당한다면 홀로 성지를 지킨들 무슨 소용이 있을까.

수호자 에녹은 물의 성지 밖으로 나왔다. 자신의 신념을 위해.

그 당시 에녹 크란츠는 홀로 십만 명의 마족을 몰살시켰다. 하이엘프의 핏줄은 그에게 무한한 마나를 제공했고 물의 정령왕의 분노 또한 강렬했다.

전무후무한 일이었다. 단 하나의 개체가 그 모든 마족들을 몰살시킨다는 건.

압도적인 힘 앞에는 전략도 전술도 소용없었다.

그 여세를 몰아 고대 인간들은 간신히 마계의 문을 닫는 데 성공했다. 그리고 에녹 크란츠를 영웅으로 추앙했다. 하지만 명예도 돈도 바라지 않았던 그는 모든 걸 거부하고 떠났다.

다시 수호자로 돌아갈 생각이었다. 아니 돌아갈 예정이었다. 그런데 그리할 수 없었다. 그의 바람은 산산조각이 났다.

파문.

불과 바람, 대지의 수호자들은 에녹을 파문시키고는 새로운 물의 수호자를 뽑았다. 그리고 그는 두 번 다시 자신의 성지로 돌아갈 수 없었다.

그 이후에 에녹 크란츠에 대한 이야기는 역사서 어디에서도 볼 수 없었다.

그런 사람이 이 학교의 말단 교수직에 있을 줄은 꿈에도 생각하지 못했다.

"에녹 교수님은 대단한 사람이잖아. 어째서 그런 말을 하는 거야?"

에녹 교수는 말했다. 그때의 영웅은 죽었고 껍데기만 남았다고.

티스는 눈을 감으며 흥얼거렸다.

"모르지, 내가 아는 건 적어도 엘프가 인간들 속에서 오래 사는 일은 드물다는 거야."

"왜?"

"엘프들이 몇천 년을 산다는 거 알지? 옛날 하이엘프들은 만 년을 넘게 살았대."

"응, 알고 있어."

"엘프들이 보기에는 백 년도 채 못 살고 사라지는 인간들이 무척이나 허무해 보였을 거야. 우리가 늦가을 매미를 보듯이 말이야."

"그래?"

"정을 줘도 곧 사라지고 말아. 사랑해도 어느 사이인가 늙고 병들지. 마치 성냥 불꽃처럼 생이 아스라지고 마는 거야. 확 타올랐다가 꺼지면 두 번 다시 켜지지 않지. 그래서 엘프들은 인간 사회에 내려와도 10년이나 20년 정도밖에 머물지 않아. 그 정도는 괜찮잖아."

"하지만 에녹 교수님은 그게 아니라며."

"맞아, 그는 천 년이 지난 지금도 인간들과 함께 있어. 그는 하이엘프의 자손이야 엄청나게 오래 산다고. 넌 하루

살이들이랑 30년 넘게 같이 살 수 있어?"

"불가능하지 않을까?"

"그래, 보통이라면. 그런데 살고 있잖아, 인간이라는 하루살이들이랑."

티스는 스푼으로 푸딩을 반으로 쪼갰다.

"확실한 건 절대로 정상은 아니라는 거지. 에녹 크란츠란 개체는 이미 미쳐도 진작 미쳐 버렸을지도 몰라."

늘 그런 법이니까.

티스의 붉은 눈매가 나른한 곡선을 그렸다.

8.

다음 수업 과목은 검술이다.

티스는 점심을 먹자마자 어딘가로 향했고 율케스는 마침 검이 부러진 터라 학교 매점으로 향했다. 샨은 율케스를 따라갔다.

"우와! 이런 것도 파네."

"기숙사 학교이고 이건 수업 교재니까."

샨은 뺨을 긁적였다. 말이 매점이지 사실 만물상에 가까웠다. 매점 벽에는 날을 덜 세운 검과 석궁, 수습 메이지

용 지팡이가 걸려 있었다. 한쪽에는 학생들이 먹을 간식거리와 교재용 책, 싸구려 천들로 제작한 임시 교복을 팔고 있었다.

천장에는 연금술 수업에 쓸 약초들이 거꾸로 매달려 있었고 정령사나 드래곤 테이머들을 위한 물건들도 갖춰져 있었다.

이 좁은 곳에 그 많은 게 다 들어간다는 게 보고도 믿어지지 않았다.

두 사람이 들어오자 매점 주인이 뒤늦게 창고에서 나왔다. 빨간 머리카락을 길게 땋아 내렸고 도수가 무척이나 높은 안경을 썼는데 렌즈가 얼마나 두꺼운지 그녀의 눈을 쳐다보는 것만으로도 현기증이 날 것 같았다.

"물건은 골랐어, 곧 수업 시작할 텐데?"

이상하게도 목소리만큼은 매력적이었다. 느슨한 목소리가 남자의 귓가를 달큰하게 울렸다. 율케스가 검을 들여다보다 입을 열었다.

"강도가 더 단단한 거 없나?"

"더 단단한 거라니?"

"몬스터가 와서 부러뜨려도 말짱한 걸로."

"어른을 부려 먹다니 버릇없는 꼬마네."

그녀는 몸을 일으켜 다시 창고로 들어갔다. 의자에 앉

아 있을 때는 몰랐는데 상당히 육감적인 몸매였다.

남자에게 굉장히 인기가 있을지도 모르겠다. 이상할 정도로 두꺼운 안경과 푸석푸석한 빨간 머리카락, 시골 노인네도 안 입을 옷을 둘둘 감고 있지만 않다면.

이윽고 그녀가 창고에서 나와 검 한 자루를 내려놓았다.

"강철을 오랫동안 압축 제련한 거야. 대형 용을 조련할 때 사용하는 물건이라 부러지기는커녕 휘지도 않을걸."

"흠……."

율케스는 검을 집어 들고는 천천히 살펴보았다. 그녀가 말을 이었다.

"그런데 손목 나가도 책임 안 진다. 이거 날도 없는데다 압축한 만큼 엄청 무겁거든. 그런데도 쓸 거야?"

율케스는 검을 뽑았다. 과연 검에는 날이 없었다. 갑자기 그는 검을 양손으로 쥐고는 힘을 줬다. 지난번에 악력만으로도 열차의 철벽을 구부린 적이 있었다. 인간인가 의심스러울 정도의 힘이었다. 그런 힘으로 비트는데도 검은 끄떡도 하지 않았다.

"마음에 드는군. 얼마지?"

"아아. 좀 비싸."

그녀가 손가락 세 개를 들었다. 율케스는 두 번 말하지 않고 지갑에서 큼지막한 금화를 꺼내 그녀에게 건네주었다.

"거스름돈은 필요 없어."

무척 마음에 든 모양이었다.

수업 종이 울리자 두 사람은 걸음을 서둘렀다. 수련장은 인공 숲 한가운데에 있었다. 부드러운 흙이 편평하게 깔린 공터였다. 학생들은 나무 등걸에 아무렇게나 엉덩이를 깔고 앉았다. 티스는 두 사람보다도 늦게 도착했다.

"여어."

샨이 물었다.

"왜 이렇게 늦은 거야?"

"아아, 중요한 일이 좀 있었어."

분명히 여자 일이겠지.

샨은 작게 한숨을 쉬었다. 남녀공학에 오니 물 만난 물고기가 따로 없었다. 얼굴 빠지지 않는 데다가 언변도 뛰어나고 거기다 돈까지 많으니 금상첨화다. 그래서 그런지 볼 때마다 여자가 바뀌어 있으시다.

"그렇게 막 사귀다 보면 언젠가 큰일 날 거야."

티스가 고개를 저었다.

"노노노, 그런 건 걱정하지 말라니까."

퍽이나.

그때 웬 꼬마가 수련장으로 들어왔다. 눈이 굉장히 크고 긴 머리칼이 발아래까지 내려오는 소년이었다. 고작 열 살도 채 되지 않는 어린아이가 허리에 손을 얹고 우렁찬 목소리로 말했다.

"흠, 모두 모였나? 과연 올해 신입생은 힘이 넘치는구나."

"뭐야? 저 꼬맹이는?"

아이들은 미심쩍은 눈으로 아이를 바라보았다. 그런데 어째서인지 소년을 보자마자 티스의 얼굴이 창백하게 질렸다. 티스는 샨의 뒤쪽으로 물러나며 말했다.

"추, 출석 부르면 나, 나 조퇴했다고 그래라."

티스는 율케스의 덩치를 엄폐물 삼아 수련장 밖으로 나갔다. 아니, 나가려고 했다. 그 순간 아이가 들고 있던 목검을 광속으로 던졌다.

쿠쾅!

고작 목검이었을 뿐인데 단단한 나무에 박히며 쩌억 파였다.

"연무장에 바퀴벌레가 있네."

바퀴벌레 아니, 티스 군은 간발의 차이로 목검을 피해냈다. 그러고는 파들파들 경련하는 안면근육을 눕혀 억지로 미소를 지었다.

"아, 하, 하, 하, 반갑습니다, 사부님."

소년은 검을 뽑으며 환하게 웃었다. 얼마나 환하게 웃는지 소년의 이에서 광택이 번쩍거렸다.

"하하, 오랜만이네, 티스 군. 어쩐지 군의 아버지께서 올해 특·별·히 이곳을 강력하게 추천하신 이유가 있었군."

"서, 설마, 여부가 있겠습니까."

이상했다. 샨이 알기로 티스는 화살이 날아와도 이마로 들이받을 만큼 배짱뿐인 놈이었다. 그런 녀석이 한주먹 거리도 되지 않는 어린아이를 상대로 이렇게까지 위기에 몰리다니. 아이는 영감처럼 허허롭게 웃었다.

"잘 지낸 모양이구나. 얼굴도 못 알아 볼 뻔했다. 못 본 사이에 정말 많이 컸구나. 음음! 하긴 사내놈은 원래 한순간에 크지."

대체 저 아이는 뭐란 말인가. 학생들의 웅성거리는 소리는 점점 더 커졌다. 그때 누군가 용감하게 손을 들었다. 지젤 바스커빌이었다.

"딱히 의심하는 건 아닙니다만, 정말 저희를 가르쳐 주실 교수님이 맞으신가요?"

"요즘은 저런 여자아이가 매력적이긴 하지."

아이는 티스를 움켜잡았던 손을 풀었다.

"소개하마. 나는 오늘부터 기초 검술을 가르칠 '아론'이다. 성은 알 거 없으니 그렇게만 알도록."

지젤이 대답했다.

"죄송합니다만, 제가 알기로 검술 교수님께서는 적어도 예순이 넘으신 걸로 알고 있습니다만……."

눈앞에 있는 아이는 예순 살은커녕 열 살도 안 되어 보였다.

"역시 이런 모습이라 그런가, 다들 의심하는군."

소년은 어깨를 우득우득 풀더니 숨을 크게 들이쉬었다.

"일반적으로 검만을 수련하는 것뿐이라면 노화를 늦추는 정도지 어려지게는 하지 못하지. 다시 소개하마. 나는 너희들의 교수이자 드래곤 나이트 아론이다. 작년까지 황실 기사 단장으로 부임해 있었지."

문득 샨은 소년이 낀 반지가 자신이 낀 것과 똑같은 드래곤 스톤으로 이루어져 있다는 사실을 깨달았다. 반지가 빛을 뿜자 소년의 모습이 점점 커지기 시작했다. 헐렁하다 싶은 셔츠는 점점 팽팽해졌고, 바지는 반바지에서 핫팬츠에 가깝게 변했다.

그리고 아까까지 있던 미소년은 어느새 근육질의 30대 아저씨로 변해 있었다. 쫄 배꼽티에 핫팬츠를 입은 근육질 30대 아저씨는 다시 미소를 지었다. 이가 유독 흰 광택을 내뿜었다.

그는 주머니에서 머리띠를 꺼내 긴 머리칼을 뒤로 넘겨 묶었다.

그랬다.

30대의 근육질 아저씨는 배꼽티와 핫팬츠로 모자랐는지 긴 머리를 찰랑거리며 흰색 꽃 머리띠까지 착용했다.

"하하하, 매번 보는 거지만 사람들이 놀라는 모습은 언제나 재미있군. 그렇게 이 기술이 대단해 보이나? 하긴 신체의 나이를 역전시키는 건 드래곤 나이트들도 쉽지 않거든."

그러나 아이들의 표정은 이렇게 말하고 있었다.

'오, 내 눈깔! 내 눈깔!'

아이들의 눈이 썩어가든 말든 그는 모든 반응을 긍정적으로 받아들이고 있었다.

"애들에게 소개해야지, 티티?"

어느새 창밖에서 참새만큼 작은 용이 날아와 그의 어깨에 앉았다.

"삐, 삐잇-!"

"후후, 우리 티티 양은 부끄러움도 많지."

"삐삐, 삐삐삐…… 삐잇……!"

"그래, 그랬구나. 우하하하하!"

인간은 한계 이상의 충격을 받으면 사고가 끊기기도 한다. 그랬다. 블루 타워의 신입생들은 눈앞에 벌어진 짓을 보고도 보지 못한 척했다.

티스가 조용히 손을 들었다.

"교수님."

"그래, 말해 보아라."

"전보다 더 허벅지가 우람해지신 것 같습니다."

"이게 다 네 아버지의 은총 덕분이지."

"가슴 근육도 무척 발달하셨고요."

"그래, 그것도 은총 덕분이니라."

"그런 의미에서 사이즈가 몇 컵…… 쿠에에엑!"

그 순간 티스의 몸이 연무장 밖으로 날아갔다. 샨과 아이들은 저 하늘의 별이 된 티스의 명복을 빌어 주었다.

"@#$@#^%^$!"

아론 교수님은 차마 입에 담지 못할 욕을 20분째 내뱉고 계셨다. 다시 미소년으로 변신했지만, 여전히 욕질 중이셨다. 티스는 비척비척 기어와 아이들 뒤에 다시 앉았다.

대단한 재생력이었다. 아이, 아니 교수님은 삐딱한 눈으로 티스를 노려보더니 혀를 찼다.

"@#@#!$……."

역시나 엄청난 욕이었다. 그래도 아까보다는 목소리가 조금 작았다. 화가 풀린 모양이었다.

그는 연무장 뒤쪽에 꽂혀 있는 목검을 집어 들었다.

"오늘은 시원하게 대련이나 할까?"

"대, 대련이요……?"

지젤이 다시 손을 들었다.

"교수님, 죄송하지만 대련이란 건 어느 정도 실력이 쌓인 후에나……."

교수님이 그녀를 향해 힘껏 목검을 날렸다. 여자애들이 비명을 지르며 몸을 웅크렸다. 그때 지젤의 치마가 펄럭였다. 남자도 휘두르지 못할 메이스가 그의 목검을 일격에 부서뜨렸다.

"이게 무슨 짓입니까, 교수님?"

"거봐, 잘하네."

그는 그녀가 막을 걸 미리 알고 있었다는 듯 눈썹 하나 까딱하지 않았다.

"바스커빌가의 여식은 어릴 때부터 메이스의 달인이지. 그래도 여자치고는 근력이 상당하군, 마나를 익혔나?"

"지금 그런 말이 아니잖습니까! 어째서 공격한 겁니까?"

"건방져서."

"네?"

"용서는 한 번뿐이다, 지젤 바스커빌. 내 수업에 참견하지 마라. 아니꼬우면 네가 교수하든가."

그녀는 입을 다물고 자리에 앉았다. 그가 말을 이었다.

"이 자리에는 한 번도 칼을 잡아본 적 없는 놈도 있을 테고 이미 검을 배운 놈도 있을 것이다. 남이 칼질하는 것을 보기만 한 놈도 있겠지."

그는 샨을 힐끗 바라보았다. 그리고 연무장 뒤쪽으로 걸어가 목검 대신 죽창을 꺼냈다.

"검을 쓰는 놈도 있고 창을 쓰는 놈도 있고 심지어 채찍이나 암기류를 쓰는 놈도 있다."

이번에는 단테스와 티스를 바라보았다.

"그런 놈들을 모아서 수업하는 게 가능한지나 모르겠다. 수업은 검술 수업이라고 쓰여 있지만 내가 너희에게 가르칠 수 있는 건 없다."

그녀가 다시 물었다.

"그럼 무슨 생각이십니까?"

"가르치는 게 아니다, 네놈들이 훔쳐가는 거지."

"훔쳐가다뇨……?"

"설명은 여기까지. 그러면 대련이나 해보자. 거기 너 안경 쓰고 눈 째진 놈, 그리고 티스. 가운데로 나와, 대련이다."

"네에에에?"

9.

첫날부터 대련이라니, 그것도 학생들끼리의 대련이다. 어디가 다쳐도 책임질 사람이 없다. 사이 나쁜 가문들끼리 붙으면 애 싸움이 어른 싸움 되고 만다.

티스는 뭐 씹은 표정으로 단테스를 바라보았다.

상대는 잘나가는 마피아단 도련님으로, 딱히 원한이 있는 건 아니었다.

"사부, 기권 안 됩니까?"

"또 입에서 단내 날 때까지 뛰고 싶으시면 그렇게 하시든가요."

그 말에 티스는 윽, 찔리는 표정을 지었다. 단테스는 힐끗 샨을 쳐다보았다. 그리고 방긋 웃었다.

"그쪽 기숙사 방에 한 자리 남던데 제가 이기면 들어가도 되겠습니까?"

샨이 고개를 세차게 저었다. 티스가 이마를 찌푸렸다.

"어디서 수작질이야?"

그는 티스의 말 따위는 아무렇지도 않게 귓등으로 흘려버렸다.

"자신이 없으시다면 저기 저 율케스 님을 불러와도 되고요."

그 말에 티스는 자존심이 상했는지 목검을 집어 들었다. 그러고는 검 두 개를 양손에 하나씩 쥐었다. 단테스가 눈을 가늘게 떴다.

"쌍검?"

그는 발등으로 무기 꽂이를 툭 쳤다. 연습용 죽창이 튀어나오자 그는 한 손으로 죽창을 들고는 손가락으로 핑그르르 돌렸다.

아론 교수님은 '호오' 하고 탄성을 내뱉으며 나무 등걸 위에 걸터앉았다.

"쌍검 대 죽창이라, 재미있는 구경하겠군."

샨이 물었다.

"괜찮을까요?"

"그러면서 크는 거다."

"그, 그런……."

"걱정마라. 티스가 누구냐, 제 몸뚱이 하나는 다이아몬드처럼 모시는 놈이다."

그걸 대체 어떻게 장담하고요. 아니, 그전에 티스말고는 제자 없습니까? 단테스 군은 어쩔 생각입니까?

샨은 몹시도 의심스러운 눈으로 아론 교수님을 바라보았다. 그러던 찰나 두 사람이 격돌하기 시작했다. 먼저 공격한 건 티스였다. 그는 검을 늘어뜨리고 앞으로 달려나갔다. 역수검. 쌍검술도 드문데 검 두 개를 역수로 드는 건 더욱 희귀한 일이었다.

핑그르르.

검날은 마치 론도를 추듯 적을 향해 둥글게 뻗어 나갔다. 변화무쌍한 검격을 단테스는 가볍게 창끝으로 튕겨내며 히죽거렸다. 아론 교수님이 말했다.

“저 새끼가 채찍 쓰는 거 본 적 있냐?”

문득 열차 밖으로 튕겨 나가려던 샨과 율케스를 채찍 하나로 휘감아 끌어당긴 일이 생각났다. 귀신같은 솜씨였다. 샨은 고개를 끄덕였다.

“본 적 있습니다.”

“호오, 목숨이 급할 때 아니면 안 꺼내는데 용케 본 모양이군. 저 녀석의 진짜 무기는 그거야. 예전에 10미터가 넘는 채찍을 휘둘러 암기를 튕겨내는 걸 본 적도 있지.”

10미터, 말이 좋아 10미터지 정확도도 문제거니와 그걸 휘둘렀을 때의 힘도 엄청나야 한다. 스냅의 기술만으로 할 수 있는 것이 아니다.

샨은 곰곰이 생각하다가 입을 열었다.

“하지만 쌍검도 충분히 잘 다루고 있는데요?”

“그게 저런 부류들의 고질적인 문제야. 뭐든지 잘하니까 뭐든지 적당이거든. 뭐 하나 진지하게 배우는 법이 없어.”

그의 말이 끝나기가 무섭게 단테스의 창이 티스의 명치를 향해 꽂혔다. 무시무시한 기세에 여자아이들이 비명을 질렀다. 그러나 티스는 검을 엇갈려 들고 창의 움직임에 맞춰 공격을 위로 튕겨냈다.

탕!

창이 솟구쳤다. 그 틈에 티스의 검날이 단테스의 목젖에 와 닿았다. 단테스가 양손을 들었다.

"이런 이런, 솜씨가 대단하시군요."

"허허…… 이 새끼 말하는 본세 보게나. 아무쪼록 내가 이겼으니 이제 우리 서로 면상 관람하는 일 없도록 유의하게나."

"제가 내기를 건 건 기숙사입니다만?"

티스는 놈의 멱살을 잡아당겼다. 단테스는 저항 없이 순순히 티스에게 끌려갔다. 티스는 화사하게 웃으며 무언가 그의 귓가에 속삭였다. 그러자 단테스의 가는 눈매가 순간 섬뜩하게 변했다. 샨이 눈을 부릅떴다.

단테스가 내뿜은 건 분명히 살기였다.

"……?"

이 정도의 나이에 살기를 뿜을 수 있는 자는 많지 않다. 아니, 형들도 투기는 내뿜을지언정 대놓고 남을 죽이겠다는 마음으로 살기를 뿜은 적이 없다.

순수하게, 정말 순수하게 남을 죽일 수 있는 놈들만 가질 수 있는 예리하고 끈끈한 살기에 샨이 몸을 일으켰다. 이대로라면 저자는 어쩌면 티스를 죽일지도 모른다.

"워워."

샨을 붙잡아 내린 건 다름 아닌 아론 교수였다.

"말했잖아. 제 몸 하난 다이아몬드처럼 챙긴다고."

"하, 하지만!"

"그러니까 위험한 상황이 아니라는 거다."

단테스는 살기를 거두고 방긋 미소 지었다.

"뭐, 티스 님의 생각이 어떤지는 잘 알겠습니다만, 저 역시 제 뜻을 굽힐 생각이 없습니다."

티스가 피식 웃었다.

"그렇게 나오시겠다!"

"피차 서로 본 실력은 숨겼잖습니까? 아마 사용하시는 무기도 그게 아닐 텐데요."

눈치챈 걸까?

티스가 태연하게 대답했다.

"그쪽이야말로 창을 쓰지는 않을 텐데? 거기다 오른손잡이도 아닐 테고."

"호오! 안목이 대단하시군요. 솔직하게 감탄했습니다."

"하하하, 꺼져."

무슨 이야기를 하는 걸까?

두 사람은 웃고 있었지만 웃는 게 아니었다. 단테스는 연무장을 나왔다. 그러고는 샨을 한 번 쳐다보았다.

"또 뵙지요."

그는 뒷말을 소리 내어 말하지 않았다. 그러나 작게 달싹이는 입술이 무슨 말을 하는지 알 수 있었다.

'시간은 많으니까요.'

그 한마디에 뱀이 등을 훑고 지나가는 것만 같았다. 샨은 진심으로 저 인간이 싫어졌다.

아론 교수는 뭔가 재미있다는 듯 한참 껄껄 웃더니 손가락을 튕기며 말했다.

"자, 다음!"

10.

무기를 다룰 줄 아는 학생들 모두 한 번씩 대결을 펼쳤다. 대체 어떻게 안 걸까? 아론 교수는 아무리 봐도 전혀 대련와 관계없어 보이는 학생까지 귀신같이 알아보고 연무장으로 끌어내기를 수차례, 결국 율케스를 제외한 모든 학생들이 뻗어 버렸다.

물론 슬프게도 뻗어 있는 그들 중 샨은…… 없었다. 마나는 쓰지는 못하지만 그래도 허리에 걸린 건 알테리온 소드임에도 이렇게 무시당하다니, 보통 무가의 도련님이라면 분노를 해도 열 번은 더 했을 상황이지만 샨은 덤덤히 받아들였다.

아마 샨 자신이 나섰다가는 상대방 목검이 부러져서 파편에 크게 다친다거나, 아니면 애꿎은 모래에 미끄러져 혼자서 구를 수도 있고, 최악의 상황에는 샨의 목검이 부러져서 둘 다 다칠 수도 있을 것이다.

티스가 샨의 머리에 손을 얹었다.

"얘기는 화도 안 나?"

"괜찮아, 교수님도 뭔가 생각이 있을 거야."

애써 웃는 샨을 보자니 티스는 절로 한숨이 나왔다. 그는 힘껏 샨의 머리를 눌렀다.

"이 바보야, 이 등신아, 이 호구야."

"너, 너무해!"

"다른 사람 앞에서 그렇게 웃지 마. 그렇게 웃으니까 널 만만하게 보는 거야."

"내가 어떻게 웃는데……?"

티스는 혓바닥을 쯧 찼다.

"됐다. 어쨌거나 너도 곧 다른 아이들처럼 싸울 수 있을 거야.”

“응? 그게 무슨 소리야?”

“아마도 한 달이면 할 수 있을 거다. 다만 조금 걸리는 게 있는데…….”

문득 티스의 시선을 좇아 건너편을 바라보았다. 그곳에는 단테스가 여전히 유리 같은 미소를 짓고 있었다.

티스는 그를 향해 답례로 똑같이 웃어 보였다. 그러나 눈은 웃고 있지 않았다.

“저놈 앞에서는 웃지 마.”

“뭐?”

“말하지 마, 숨도 쉬지 마.”

“무슨 말…… 하는 거야?”

“돌인 척해. 그냥 나는 돌이라고 생각하고 저놈이 뭐라고 말을 걸든 무시해!”

“뭐어어어어?”

샨이 뭐라고 물으려는 찰나 수업 분위기가 싸늘하게 가라앉았다. 아론 교수님의 목소리가 낮게 깔렸다.

“너, 이리 와 봐라.”

왠지 분위기가 좋지 않았다. 티스와 떠드느라 무슨 일이 있었는지 알 수 없었다. 아론 교수님은 굉장히 무서운 표정으로 율케스를 향해 손가락을 까딱였다.

"이리 오라니까!"

율케스는 그제야 교수님을 향해 뚜벅뚜벅 걸어갔다. 교수님은 나무 등걸을 밟으며 몸을 일으켰다. 그러나 아이 모습으로 변해 있는 교수님이 율케스보다 키가 클 리가 없었다.

교수님은 숨을 들이쉬더니 천천히 어른의 모습으로 변했다. 또다시 우스꽝스러운 핫팬츠 입은 중년 아저씨를 봐야 했지만, 이번에는 아무도 웃지 못했다.

누군가가 꽉 목을 졸라도 이런 압박감은 오지 않을 것 같았다. 티스가 혀를 차며 샨의 귓가에 속삭였다.

"눈에서 빔 나오겠다, 빔."

교수님은 율케스의 턱을 붙잡고 양옆으로 돌렸다. 산 사람 같지 않은 창백한 피부였다. 이윽고 율케스의 목선에 그의 시선이 고정되었다. 율케스의 느린 맥박을 보고는 교수님의 눈썹이 꿈틀거렸다.

짝!

율케스의 얼굴이 옆으로 돌아갔다. 입술에서 피가 터졌다. 얼마나 세게 쳤는지 보는 사람이 신음을 내지를 정도였다. 그러나 율케스는 소매로 입술을 닦고 다시 똑바로 섰다.

교수님은 다시 율케스를 후려쳤다.

짜악!

전직 황실 기사 단장이 치는 따귀다. 율케스의 몸이 휘청거렸다. 율케스가 다시 고개를 돌리려던 찰나 그가 이번에는 정강이를 차버렸다.

퍼억!

너무한 처사였다. 그러나 아론 교수님의 분노는 풀리지 않았다. 그런데 그의 입에서 나온 건 정말 의외의 말이었다.

"어디서 몬스터 새끼가 학교에 기어들어 와."

샨은 한동안 그 말이 새로운 욕인가 하고 고민했다. 그러나 율케스는 다시 몸을 일으켰다.

"오면 안 됩니까?"

"란츠크네 가문이라고 했지? 미래 소드 마스터 나으리."

"……."

"너희 집안은 자식새끼를 몬스터랑 붙여 먹는 게 취미냐?"

엄청난 모욕이었다. 그러나 율케스의 눈은 흔들리지 않았다. 교수님이 소리 질렀다.

"꺼져! 네놈 같은 새끼는 퇴학이다."

율케스는 그제야 그를 똑바로 바라보았다.

"싫습니다."

"몬스터 새끼가 어디 사람 새끼랑 같이 살려고 해?"

대체 무슨 소리를 하고 있는 걸까. 샨은 혼란스러웠다. 율케스는 시선을 돌려 샨을 바라보았다. 그러고는 작게 입술을 달싹였다.

'괜찮아.'

이 와중에서도 남을 안심시키려는 걸까, 대체 이런 사람에게 왜 그런 욕질일까.

샨은 티스를 바라보았다. 티스의 붉은 눈매가 속을 알 수 없는 깊이로 빛났다.

샨은 깨달았다. 적어도 티스는 이대로 율케스를 돕지 않을 거라는 걸.

그걸 눈치채는 순간, 샨은 저도 모르게 몸을 일으켰다.

"교, 교수님!"

"뭐냐? 알테리온가의 병신."

성질만큼이나 입도 거치신 분이셨다. 그의 위압감에 다리가 후들거렸다. 리오 형이 분노했을 때도 이런 무시무시한 투기는 솟아나오지 않았다. 호랑이 앞에 선 것처럼 오금이 저렸다. 그건 강자에 대한 약자의 본능이었다.

그러나 샨은 고개를 들고 몸을 꼿꼿이 곧추세웠다.

친구였다. 친구를 위해 뭔가 해야 했다.

"율케스는…… 그런 말을 들을 만큼 잘못을 저지르지

않았습니다."

"뭐? 그러니까 지금 내가 아무 잘못도 없는 놈을 잡아 두드려 패고 있다는 말인가?"

그의 눈이 불을 뿜을 것만 같았다. 금방이라도 그 솥뚜껑 같은 손바닥이 샨의 턱을 날려 버릴 것만 같았다. 그러나 샨은 대답했다. 떨리는 어깨를 억지로 다잡으며.

"네."

"맹랑한 자식, 아무것도 모르면서 개소리하지 마라."

"제 친구입니다."

"친구? 저쪽이 너한테 숨기는 게 없다고 생각하나?"

"……그건 상관없다고 생각해요."

샨의 말이 끝나는 순간 교수님은 바닥을 크게 구르며 말했다.

"그 말 책임져라."

교수님의 몸이 힘을 끌어모았다. 발바닥부터 종아리, 장딴지와 허리를 지나 충격은 어깨로, 팔꿈치에서 손바닥으로.

마치 통나무가 종을 후려치듯 교수님의 주먹이 율케스를 묵직하게 후려쳤다. 샨은 비명을 지르며 율케스를 향해 달려갔다. 젖먹이 때부터 권법이란 권법을 전부 봐 왔던 샨은 이 기술이 뭔지 아주 잘 알고 있었다.

아이들은 멀뚱히 바라보고만 있었다.

겉으로 보면 교수님이 율케스를 굉장히 느리게 친 걸로 보였다. 때린다기보다는 묵직하게 민 것에 가까웠다. 타격감도 들리지 않고 겉에서 보면 상처도 없어 보였다.

그러나 율케스는 피를 토했다.

이 기술은 겉이 아닌 속, 그러니까 인간의 내장에 직접적으로 충격을 가하는 기술이었다. 한 번이라도 맞으면 내장이 진탕되었다. 율케스는 계속해서 피를 바닥에 토했다.

외상이라면 모를까 이런 내상은 샨이라 해도 방도가 없었다.

샨이 소리 질렀다.

"포션, 포션 없어요? 누가 양호실로 가 주세요!"

"시끄럽다, 애송이."

샨은 그를 바라보았다.

"불만이라는 눈이군."

교수는 어깨를 우득우득 풀었다.

"포션은 소용없다. 몬스터에게 그런 게 드는 거 봤나?"

그는 시계를 꺼내 들고 시간을 가늠했다. 보통 교실에서 하는 인문 수업과는 다르게 이런 검술 수업은 세 시간이나 잡아먹는 수업이다. 쉬는 시간까지 합친다면 다음 시간까지의 여유는 두 시간 정도.

"조퇴다, 율케스. 연무장 뒤에 숲이 있다. 깊은 데다가 넓은 곳이라 산짐승 한둘 정도는 잡아도 아무도 모를 것이다."

"……."

율케스는 몸을 비틀거리며 연무장 밖으로 나갔다. 티스가 손을 들었다.

"교수님, 저도 조퇴하겠습니다."

"넌 안 돼."

"왜요?"

"네가 가면 기껏 밥상을 차려 준 의미가 없으니까. 거기 알테리온가의 애송이, 일어나라."

샨이 몸을 일으켰다. 그가 다시 물었다.

"네가 한 말에 책임을 질 수 있나? 친구라면 모든 것을 이해할 수 있다고 생각하나? 그 마음 정말 변함없나?"

샨이 고개를 끄덕였다.

"네."

"확고하군. 좇아가라, 너도 조퇴다."

샨은 기다렸다는 듯 연무장 밖으로 향하려 했다. 그때 아론 교수님이 검 끝을 흔들며 말했다.

"네놈 아비는 성격은 더러워도 자기 신념은 자기가 지킬 힘이 있었다. 네놈에게도 있다고 생각하나, 그런 힘이?"

샨은 대답 대신 이를 악물었다. 다만 율케스가 사라진 쪽으로 달려갈 뿐이었다.

11.

길은 끊겼고 숲은 점점 더 깊어져만 갔다. 달리면 달릴수록 앞은 보이지 않았다. 샨은 마른 숨을 내뱉었다. 율케스는 보이지 않았다.

"어디 있어어어!"

양호실로 가야 할 녀석이 숲으로 들어간 게 이해되지 않았다. 빽빽하게 난 숲 속은 마치 창살처럼 빛을 가렸다. 어둠이 세로로 스며들어 왔다.

"율케스으으으!"

그 몸으로 여기까지 뛰어왔다는 게 믿어지지가 않았다. 아무리 고통을 느끼지 못한다고 해도 어지럼증은 느낀다고 했다. 몸이 정상이 아니라는 것 정도는 본인이 가장 잘 알 터.

샨은 문득 자신이 길은 완전히 잃었다는 걸 깨달았다. 이건 단순히 학교 뒤쪽에 있는 작은 숲 정도가 아니었다. 나침반이 없으면 혼자 돌아다니는 건 무리일 정도였다. 샨은 일단 나무 이끼를 찾아 이끼가 난 방향으로 걸었다. 보통 이런 방법으로 어렴풋이 방향을 알 수 있긴 하다. 그러나 이끼는 제멋대로 나 있었다.

부러진 나무의 나이테조차 방향을 알려 주지 않았다.

이 숲은 이상했다.

마치 보이지 않는 힘이 목줄기를 조여 오는 것만 같았다. 샨은 더욱 필사적으로 윱케스를 불렀다.

제아무리 강한 사람이라도 숲에서 조난당하면 무슨 일이 일어날지 아주 잘 알고 있었다.

얼마나 걸었을까, 숲의 그림자 속에서 푸른색 불꽃이 떠올랐다.

불빛인 줄 알았는데 다가가 보니 윱케스의 눈동자였다. 이상했다. 사람이 이 어둠 속에서 짐승의 눈처럼 섬뜩한 빛을 흘리다니. 왠지 몹시도 불길한 예감이 들었다.

다가가면 죽을 것 같은, 맹수를 앞에 둔 어린 양의 기분이었다.

샨은 숨을 삼켰다. 친구였다. 샨의 목선을 따라 땀방울이 또르륵 흘러내렸다. 카이가 피막을 부풀렸다.

"마마, 가지 마."

"가야 해."

다잡듯이 샨은 윱케스를 향해 걸어갔다. 아론 교수님의

목소리가 아직도 떠올랐다. 샨은 세차게 고개를 저었다. 친구였다.

그는 하나뿐인 친구였다.

생애 처음으로 사귄 친구였다.

마치 범의 굴로 들어가듯 샨은 계속해서 율케스를 향해 걸어갔다.

"거기서 뭐 해?"

"……."

율케스는 대답하지 않았다. 바람이 불었다. 나무가 흔들리며 숲의 그림자가 걷혔다. 그의 모습이 드러났다. 그는 어린 담비의 목을 물어뜯고 있었다. 담비가 비명을 질렀다. 율케스는 갓 배어 나온 뜨뜻한 피를 마시고 있었다.

"마마! 도망쳐!"

그 장면이 머릿속에 파고드는 순간 샨은 아무 생각도 할 수 없었다. 그저 본능적으로 천천히 뒷걸음질을 쳤다.

율케스는 담비에게서 입을 뗐다. 어느 때보다 그는 아름다웠고 요요했다. 심지어 평소 밤에 볼 때보다도 고혹적이었다. 그건 꽃향기라기보다는 파리지옥이 내뿜는 향기에 가까웠다. 남자조차도 유혹당할 만큼 진득한 매료가 그에게서 일어났다.

율케스는 피묻은 입술을 소매로 닦았다. 그가 미소 짓

자 입술 사이로 송곳니가 드러났다.

샨은 그제야 깨달았다. 그는 이런 몬스터를 알고 있었다.

"뱀파이어."

이성을 잃은 율케스가 샨을 향해 다가오기 시작했다. 샨은 있는 힘껏 도망쳤다.

율케스가 샨을 쫓아갔다. 인간이 아닌 그가 샨을 붙잡는 건 너무나도 쉬웠다. 샨이 바닥을 굴렀다.

"끼아아악! 마마아!"

흙이 입 안으로 들어왔다. 그러나 맛 같은 건 느껴지지 않았다.

뱀파이어, 이제는 없다고 믿고 있던 몬스터, 아니 그들의 격은 몬스터를 뛰어넘었다. 마족급, 그것도 방랑 마족급이다. 인간의 피를 마시며 흑마법을 자유자재로 쓴다. 한번 피를 빤 인간은 구울로 만들어 조종할 수 있다. 그러나 그건 옛날 책에나 나오는 이야기다. 과거 수많은 영웅과 고결한 사제들에 의해 뱀파이어는 멸망했다고 한다.

율케스는 언제나 목이 마르다고 했다. 그 의미를 이제야 알 수 있었다.

짐승의 피만으로는 만족할 수 없었다. 그건 늑대 보고 평생 풀만 먹으라고 강요하는 것과 마찬가지였다. 상처 입

고 굶주린 뱀파이어 앞에서 무방비로 나서는 게 얼마나 미친 짓인지 샤은 깨달았다.

"마마, 내가 지켜!"

카이가 율케스를 물었다. 율케스는 팔을 저어 카이를 후려쳤다. 카이가 그 한 방에 튕겨 날아갔다.

콰아앙!

카이의 작은 몸이 나무에 부딪혔다. 카이는 몸을 부들부들 떨다가 이내 의식을 잃었다.

다가온 율케스는 부드럽게 샤을 안았다. 그러고는 경동맥을 향해 이빨을 들이댔다. 샤은 팔을 뻗었다. 이 거리라면 셋째 형이 준 석궁을 쏠 수도 있고, 마물에게 치명적이라는 드래곤 슬레이어 알테리온 소드를 쓸 수도 있다.

샤의 옹달샘 같은 동공 위로 눈물이 맺혔다.

"찌를 순 없어."

그러고는 결심이라도 한 듯 눈꺼풀을 닫았다. 속눈썹이 파르르 떨렸다. 그리고 날카로운 송곳니가 샤의 목을 꿰뚫었다.

"흣……!"

샤의 몸이 활처럼 휘었다. 생명, 그 근원이 빨려 나가는 느낌이 느껴졌다. 샤은 신음을 내지르며 팔을 휘저었다. 저항은 허무했다.

"으읏, 아아……."

달콤한 죽음이 등줄기를 타고 올라왔다.

졸음이 늪처럼 샨을 끌어당겼다.

샨은 율케스의 뺨을 붙잡았다. 이대로 팔에 달린 석궁을 사용한다면 율케스는 죽는다. 제아무리 뱀파이어라도 머리에 구멍이 나면 살 수가 없다.

그럴 수 없다.

알지만 그럴 수는 없다.

눈물이 멈추지가 않았다. 무력한 저항감마저 들었다. 샨은 눈을 감고 뜨지 않았다. 마지막은 그래도 좋은 친구의 기억을 가져가고 싶었다.

그때 율케스가 소리를 질렀다. 그는 필사적으로 자신의 팔을 물어뜯었다.

"크아악!"

샨이 눈을 떴다. 자기 팔을 얼마나 깊게 물어뜯었는지 뼈가 다 보일 정도였다. 평상시에는 고통을 느끼지 못하는 율케스였다. 그러나 인간의 피는 그의 육신을 잠시나마 살아있게 했다. 그리고 살아 있는 육신으로 느낀 그 고통은 미친 머릿속을 후려칠 정도로 강렬했다.

샨은 거기까지만 보고는 정신을 잃고 쓰러졌다.

12.

샨이 다시 눈을 떴을 때는 부드러운 침대 시트 위였다. 눈을 뜨니 티스가 그를 내려다보고 있었다.

"이제 일어났냐?"

샨은 지금이 새벽이고 자신이 여태 꿈을 꾼 게 아닐까 하고 잠깐 고민했다. 그도 그럴 게 조금 전까지 그가 본 광경은 지독하게 비현실적인 것이었다. 샨은 무심결에 손을 목에 가져다 댔다. 깔깔한 거즈 감촉이 느껴졌다. 꿈이 아니었다.

"율케스는?"

"너 볼 면목이 없다고 나갔어."

샨이 고개를 저었다.

"괜찮아. 난……!"

"너 죽을 뻔했어."

샨은 목을 다시 만졌다. 조금 아팠다. 아직도 어지럼증이 남아 있었다. 티스가 물약을 꺼내 샨에게 건네주었다.

"마셔, 빈혈에 좋은 약이야."

삼각 유리병 안에 든 물약은 피처럼 빨간색이었다. 샨은 천천히 물약을 삼켰다. 지독하게 쓴맛이었다.

옆을 보니 카이가 붕대를 둘둘 감고 잠들어 있었다. 얼마나 강한 일격이었는지 비늘이 떨어져 나간 데다가 골절 부목까지 감고 있었다.

"다행이다, 살아 있어서."

샨은 카이를 어루만지려다가 상처가 덧날까 봐 손을 뗐다. 카이는 쌔근거리며 몸을 뒤척였다.

티스가 한숨을 내쉬었다.

"사부가 그렇게까지 막 나갈 줄은 몰랐다. 나이가 들면 들수록 어떻게 성격이 갈수록 더러워져 가요, 아주 그냥."

"……알고 있었어?"

"그래, 처음부터."

창밖에는 물결이 흔들리고 있었다.

블루 타워 기숙사. 어떤 소리도 닿지 않는 조용한 공간 속에서 샨은 한참이나 울었다. 죽음의 위기 때문인지 아니면 친구에 대한 배신감 때문인지 알 수 없었다.

티스는 샨의 머리를 쓰다듬었다.

"아직도 애기라니까."

샨은 소매로 눈가를 훔쳤다.

"다음 수업은?"

"조퇴 처리했어, 어차피 첫날은 수업 안 하잖아."

"찍혔겠다."

"찍혔지."

티스는 장난기 서린 웃음을 내뱉었다. 샤은 율케스가 있는 침대를 보았다. 짐 하나 없는 침대에는 사람이 있던 흔적조차 남아 있지 않았다.

트렁크는 없었고, 대충 걸쳐 놓던 교복도 보이지 않았다. 샤은 억지로 몸을 일으키려 했다. 티스가 그를 막았다.

"찾으러…… 가야 해."

"죽을 뻔했다고 말했지?"

샤이 소리 질렀다.

"이렇게 보낼 수 없어! 이대로라면 다시는…… 다시는……!"

"그놈 성격에 네 앞에 나타나는 일은 없겠지. 그게 어때서! 넌 피해자야, 친구 도와주러 갔다가 도리어 물린 가련한 희생양이라고! 불쌍한 척 찌그러져 있을 것이지 왜 나서는데!"

"친구니까!"

"그래 봤자 남이야! 가족도 돌아서면 남인데, 그깟 친구 같은 거 한 달 안 보면 생판 남보다 못한 존재라고."

샤은 신음을 내뱉으며 억지로 몸을 일으켰다. 그러고는 한 글자 한 글자 또박또박 발음했다.

"형이 그랬어, 친구는 내가 선택한 가족이라고."

티스는 그 말에 킥 웃음을 터뜨렸다. 과연 샨이랄까, 가족들에게 사랑을 듬뿍 받고 자란 애는 뭔가 달랐다. 그렇지만 티스는 달랐다.

어릴 때부터 인간의 밑바닥을 보아온 그였다. 티스는 냉정한 표정으로 문 앞에 섰다.

"못 보내."

"너는 만나잖아, 나는 왜 안 되는데?"

"그놈이 왜 나와 사귀는 줄 알아? 나는 적어도 그런 일이 닥치면 언제라도 놈을 찔러 버릴 수 있거든."

"내가 힘이 없어서? 그렇다고 생각해?"

원한다면 석궁을 보여 주기라도 할 참이었다. 티스는 고개를 저었다.

"그래, 못 해. 힘이 있어도 너는 못 해."

샨이 대답했다.

"아니, 나는 할 수 있어. 친구를 사귈 수 있는 조건이 고작 그거라면…… 충분히."

샨은 알테리온 소드에 손을 얹었다. 기본 베기의 자세였다. 이런 협박이 통할 상대가 아니라는 것쯤은 알고는 있었지만, 적어도 분위기는 충분히 험악해졌다.

티스는 한숨을 쉬었다.

"약속해. 네 목숨 소중히 여기겠다고."

"약속할게. 그리고 율케스는 내가 데려올게."

"나중에 후회해도 책임 안 진다?"

"응."

티스는 그제야 방문을 열어 주었다.

"가, 이 철없는 애기야. 그놈은 도서관에 있을 거다. 학교를 뜨려면 대출한 책들부터 돌려줘야 하니까."

샨은 티스에게 가볍게 묵례를 하고는 달려나갔다. 티스는 머리를 긁적이며 중얼거렸다.

"바보같이……."

13.

복도에 걸린 시계가 새벽 한 시를 알렸다. 학생들은 대부분 자러 갔고 복도에는 적막이 감돌았다. 블루 타워 특성상 화이트 타워처럼 딱히 사감 선생이 순찰을 도는 분위기는 아니었지만, 학생들끼리 어지간하면 교칙에 맞춰 주는 편이었다.

기숙사 도서관은 타워 위쪽에 있다.

복도 불이 꺼져서 어두웠지만, 창문밖으로 스며드는 새벽 달빛만은 무척 밝았다.

도서관 천장은 투명한 유리였다. 흔들리는 달빛 위로 이름 모를 거대 물고기가 지나갔다.

어둠 속에서 율케스를 찾는 건 쉬었다. 어둠이 내려앉을 때면 푸른빛 눈동자가 불꽃처럼 타오르고 있었으니까.

샨이 들어오자 한 쌍의 차가운 불꽃이 뒤로 물러나려 했다.

"율케스."

그가 걸음을 멈췄다.

작은 한숨에 죄책감이 섞여 나왔다. 샨이 팔을 뻗었다.

"돌아가자."

"……."

그가 물러나려 했다. 샨은 다급하게 율케스를 향해 걸어갔다.

"우리 돌아가자."

"……한 번 저질렀다는 건, 두 번도 가능하다는 거다."

"괜찮아, 그건……."

"목마름이 점점 심해지고 있다. 그때 그 일은 우연이 아니야."

그래도 샨은 그를 향해 다가왔다. 율케스는 책장 속으로 몸을 숨겼다. 이대로 샨을 보는 건 위험했다.

책장 하나를 사이에 두고 두 사람이 서 있었다. 율케스가 말했다.

"나는…… 나는 뱀파이어다."

"알아, 정말로 있다는 거에 놀랐지만."

"정확히 말하면 나는 시체다. 사산아를 고대 마족의 피에 담가 만들어진 언데드일 뿐."

"넌 내 친구야."

"친구? 그건 산 사람들만의 것 아닌가?"

율케스의 걸음이 점점 멀어졌다. 샨은 율케스를 찾아 책장 사이를 뒤졌다. 이대로라면 그를 두 번 다시 볼 수 없을 거라는 생각이 들었다. 율케스의 목소리가 바람처럼 책들을 스쳐 지나갔다.

"란츠크네가는 대대로 흑마법을 섬겼다. 수많은 제물 속에서 내가 만들어졌을 때 아버지는 기뻐하고 어머니는 혐오했다. ……업을 믿나? 평생 피를 마셔야 하고 태양조차 나를 죽이지 못하는 저주받은 업보를?"

티스가 물었다. 운명을 믿느냐고.

율케스는 운명을 믿었다. 태어나면서부터 살인자의 업을 지니고 시체로 태어난 자신을, 누군가의 피를 마셔야만 살 수 있는 운명을 받은 자신을.

살아간다와 살아진다를 선택하라면 율케스는 주저 없이 살아진다를 고를 것이다. 그에게 삶이란 그 자체로 죄

악이다.

이걸 운명이라고 부르지 않는다면 과연 무엇이라고 부를 수 있을까.

율케스가 말했다.

"난 널 죽일 거다."

샨이 대답했다.

"그전에 내가 널 죽일게."

"넌 못 해."

티스와 같은 대답이 돌아왔다.

"석궁이 있는데도 넌 어떻게 했지? 그 대단한 드래곤 슬레이어를 갖고도 넌 검을 뽑기라도 했나?"

"넌 내가 그러길 원해?"

"그래."

율케스는 주저 없이 대답했다. 샨은 이마를 찌푸렸다. 침묵, 그러고는 마침내 대답했다.

"그럴게."

"증거를 대."

샨은 알테리온 소드를 뽑았다. 그러고는 율케스의 목소리가 들리는 방향을 향해 있는 힘껏 검을 찔러 넣었다. 검기가 담기지 않았음에도 검은 마치 두부처럼 책장을 갈라냈다. 책장이 무너져 내렸다. 그 뒤에서 율케스가 얼어붙을 것 같은 눈으로 샨을 바라보았다.

율케스의 귀걸이가 부서졌다.

검 끝에 그의 피가 조금 맺혔다.

샨이 대답했다.

"이걸로 됐어?"

힘은 부족했지만, 훌륭한 찌르기였다.

율케스는 눈을 감았다.

"그래, 조금은……."

그는 홀더에 손을 얹고는 샨을 향해 천천히 걸어왔다. 그러고는 샨의 머리를 부드럽게 감싸 안았다.

"미안하다."

샨이 대답했다.

"혼자 떠나지 않을 거지?"

"내가 걱정됐나?"

샨은 솔직하게 대답했다.

"마지막에 자기 팔을 물어뜯은 건 율케스였으니까. 살리고 싶었던 거잖아, 미쳐 가는 와중에도."

"그래. 하지만 그건 네가 운이 좋은 거였다. 만약 내가 먼저 담비를 잡아먹지 않았다면……."

샨이 고개를 저었다.

"만약이란 없댔어."

"바보 자식, 터무니없을 정도로 바보 자식."

"우리 친구지?"

율케스는 샨의 머리에서 손을 뗐다. 푸른 눈동자가 샨에게서 시선을 떼지 않았다.

"네가 약속을 잊지 않는다면."

"그래."

샨은 긴 속눈썹을 내리깔고는 고개를 끄덕였다. 그러고는 진지하게 물었다.

"저기 책장 부서진 거, 어떻게 하지?"

"학생회장이 죽이려고 할 거다, 아마. 블루 타워는 예산도 빡빡하다던데."

샨은 대충 무너진 책장을 아슬아슬하게 들어 올리며 식은땀을 흘렸다.

"티, 티스가 어떻게든 해주지 않을까?"

다음 날 아침, 그날도 학생회장 카이렌은 가장 먼저 도서관을 찾았다.

"음, 오늘도 면학의 향기는 상쾌하군요."

입학한 이후로 학년 1등을 놓쳐본 적 없는 그였다. 그는 무슨 책을 읽을까 고민하며 책장을 돌고 있었다. 그때 웬 책장 위에 새빨간 성인 서적이 버젓이 꽂혀 있는 게 아닌가!

"이, 이게 무, 무, 무슨! 신성한 지식의 공간에서 이, 이, 이런 불결한!"

그러나 그의 말과는 달리 그의 손은 성인 서적을 향해 낮은 포복으로 전진하고 있었다.

"이, 이, 이런 건 아, 압수해야겠군요. 도서 위원들에게도 미리……."

그가 책을 집어 드는 순간 책장이 와르르 무너지기 시작했다. 그러고는 티스가 책장 뒤에서 나타나 방긋 웃었다.

"어이쿠, 선배님 뭐하십니까? 헛, 이거 책장이 부서졌군요, 이거 선배님이 그러신 거 아닙니까?"

"무슨 책장이 수수깡도 아니고 건드렸다고 무너집니까! 그쪽이야말로 저를 함정에 빠뜨린 거 아니십니까!"

티스가 방긋 웃었다.

"무슨 소리 하시는 건지 모르겠습니다. 그나저나 선배님 손에 있는 게 뭡니까? 표지가 상당히 빨간색이 많은데요오?"

카이렌은 자신도 모르게 책을 등 뒤로 감췄다.

"이, 이건…… 흠흠!"

"무슨 책이기에 그렇게 신줏단지 모시듯 숨기시는 겁니까? 아하! 전교 1등의 비법이라도 담겨 있는 거겠죠? 거기

친우들, 이리 와서 부탁해 보세. 학생회장님께서 뭔가 비법의 책이라도 갖고 계신 모양이네!"

그러자 율케스와 샨이 책장 사이로 나타났다. 그제야 카이렌 회장은 깨달았다. 자신이 함정에 걸려들었음을, 그것도 상당히 질 나쁜!

문득 회장은 샨과 눈이 마주쳤다.

아기 눈망울처럼 반짝반짝한 그 눈을 바라보고 있으니 몹시 부담스러워졌다.

"히, 히익!"

율케스가 국어책 읽듯이 대답했다.

"선·배·님·그·게·뭡·니·까·어·이·쿠·저·책·뭔·가·이·상·하·지·않·습·니·까."

회장의 얼굴이 시뻘게졌다. 그는 패닉상태에 빠져 고개를 저었다.

"아닙니다! 이건 제게 아닙니다!"

"그·런·변·명·이·통·할·거·라·생·각·하·다·니·이·럴·수·가."

세 사람이 옥신각신하는 사이 새벽부터 공부하러 올라오는 기숙사생들이 갸웃거리며 보기 시작했다. 카이렌 회장은 삶은 문어처럼 시뻘게진 얼굴로 울먹였다.

"이, 이 원한은 잊지 않겠어요!"

누구에게 무슨 원한이 있다는 걸까.

그는 도서관 밖으로 도망쳤다.

샨이 걱정스러운 표정을 지었다.

"괜찮을까?"

"괜찮아, 괜찮아. 이걸로 된 거야."

"미움받은 것 같은데?"

"우리가 부쉈다는 걸 알면 더 미워할걸."

샨은 고개를 끄덕였다. 인간관계는 언제나 어려웠다. 그러나 오늘의 이 일이 어떤 파란을 가져올지는 아무도 몰랐다.

Chapter 3

카이에게 생긴 일

1.

뱀파이어, 고대 종족.

멸족했다고 알려졌지만, 소수의 뱀파이어들은 아직도 어둠 속에서 숨어 지낸다. 뱀파이어가 되는 방법에 대해 일반적으로 알려진 건 두 가지다. 고대 뱀파이어에게 물린 후 그의 피를 받거나, 죽음이 두려운 흑마법사가 직접 흡혈충을 몸에 심는 방법이 있다. 뱀파이어가 되면 노화는 멈춘다. 그러나 낮에 급속도로 힘이 약해지고 피를 마시지 않으면 살 수 없게 된다.

율케스의 경우는 굳이 말한다면, 인간과 뱀파이어가 절반씩 섞인 하프 뱀파이어에 가까웠다.

고대의 비술로 탄생하게 된 율케스는 선천적으로 고통을 느낄 수 없다. 신진대사도 보통 사람보다 느리며 체온도 차갑다. 사실상 죽은 몸을 비술로 억지로 부활시켰다는 표현이 맞다. 인간의 피를 섭취해야만 그 몸은 잠시나마 깨어 있을 수 있는데 그때만이 율케스가 유일하게 고통을 느낄 수 있는 시간이다. 대신 그의 몸은 20세까지 성장하게 된다. 20세가 지나면 성장은 멈추게 되며 아득히 먼 시간을 살아갈 수 있게 된다.

그의 아버지는 율케스를 가문의 수호신으로 만들려 했다. 아득한 영겁 동안 란츠크네 가문만을 위해 일하고 란츠크네 가문만을 위해 싸우는 전사가 되기를.

잔인하다면 잔인한 숙명이라고 할 수 있었다. 그의 어머니도 사산한 아이가 88일 만에 돌아왔을 때 거의 실성했다고 한다.

세 사람은 아침을 모두 기숙사 방 안에서 해결했다. 샨이 물었다.

"피는 어떻게 해?"

"1주일에 한 번 산짐승을 잡는다. 어제 섭취한 걸로 2주는 끄떡없지만."

샨의 피를 마신 이후로 율케스의 몸에 핏기가 돌고 있었다. 뱀파이어는 본래 인간의 피를 마셔야 했다. 산짐승의 피는 한계가 있었다. 샨이 물었다.

"그걸로 괜찮겠어?"

"아아, 그럭저럭."

율케스는 그렇게 말하고는 샌드위치를 콱 입에 물었다.

다음 시간은 '용과 기초 소환' 수업이다. 이건 소수의 드래곤 테이머들과 정령사들을 위한 수업으로, 다른 학생들의 경우 '근현대 마법 역사'로 대체할 수 있다.

샨은 걱정스러운 눈으로 카이를 바라보았다. 어제 이후로 카이는 율케스 근처에 가지도 않았다. 율케스만 보면 피막을 힘껏 펼치며 성난 코브라처럼 쉭쉭, 위협하기 바빴다.

샨은 카이에게도 고기 한 점을 떼어 주며 물었다.

"카이, 몸은 괜찮아?"

"나 튼튼해! 마마는? 마마는 안 아파?"

최근 깨달은 것인데 드디어 카이가 '나'라는 표현을 쓰게 되었다.

자아가 생겼다는 말이니 기뻐할 일이지만, 곧 용으로서 사춘기도 올 거고 주인 말에 반항하는 날도 머지않았다는 이야기이기도 했다.

특히 용은 두 번째 허물을 벗고 나면 사춘기가 오는데, 용이 반항을 하면 스케일도 남달라서 키우는 사람도 팍팍 늙는단다.

"난 괜찮아, 약도 먹었고. 카이는 약 먹었어?"

"씩씩하게 먹었어!"

샨은 카이를 쓰다듬었다. 카이는 아직도 깁스한 곳이 아픈지 이마를 찌푸렸다. 샨은 카이를 조심스럽게 안았다. 다음 수업은 기숙사에서 멀리 떨어진 곳이니 일찍 출발하는 편이 좋았다.

티스가 느긋하게 하품했다.

"다녀와."

샨은 가볍게 인사하고는 몸을 일으켰다.

다시 말하지만 드래곤 스콜라는 고대 유적 위에 만들어진 아카데미다.

개축과 증축을 반복하다 보니 왜 있는지 모를 방들과 어디 있는지도 모르는 교실들이 허다했다. 그렇기에 반드시 수업 시간표 밑에는 가야 할 교실들에 대한 약도가 그려져 있었다.

샨은 열심히 지도를 따라 걸어갔다.

첫 번째 복도에서 우회전, 두 번째 교실에서 문을 열고 옆방 샛문으로 나올 것, 네 번째 교실이 나오면 좌회전, 복도 끝에서 유턴.

어느 순간 샨은 같은 복도를 빙글빙글 돌고 있다는 사

실을 깨달았다. 카이가 물었다.

"마마-, 여기 어디?"

"그, 글쎄?"

역시 다른 학생들이 출발할 때까지 기다렸다가 같이 가는 편이 나았나 보다. 그렇지만 기숙사에서 드래곤 테이머라고는 샨 한 명뿐이고, 같이 갈 사람이 누군지조차 모르는데 대체 뭘 믿고 기다리고 있단 말인가.

샨은 가슴 안주머니에 손을 가져다 댔다.

문득 셋째 형이 사 준 회중시계를 열차에서 잃어버렸다는 사실을 깨달았다. 샨은 한숨을 쉬었다.

"그 시계만 있었어도……."

이래서야 시간이 얼마나 지났는지조차 알 수 없었다. 샨은 복도 계단 앞에 서서는 한숨을 쉬었다.

여기서 더 움직여 봤자 길만 더 잃는 꼴이었다.

"마마, 조난당한 거야?"

"응, 그런가 봐."

"학교에서?"

"응……."

"마마, 멍충이, 꺄하하하!"

"어디서 그런 말 배운 거야? 나쁜 말 쓰면 못써."

분명히 티스에게서 배웠겠지.

샨은 이번에야말로 따끔하게 한마디 해주리라 결심했다. 티스의 생활 방식은 인성 교육, 아니 용성 교육에 좋지 않았다. 카이는 샨에게 혼난 후로 목을 찔끔 움츠렸다. 그래도 아직은 주인 말이 잘 먹힐 때다. 머리 굵어지기 전에 제대로 버릇을 들여놓지 않으면 곤란해진다.

"그나저나 어떡하나, 이대로 마냥 헤맬 수도 없고."

그때 누군가가 계단을 올라오고 있었다. 샨은 지푸라기라도 잡는 심정으로 기다렸다. 계단에서 모습이 보이자 샨이 몸을 일으켰다.

"저기……."

"뭐냐, 비렁뱅이?"

크롬이었다. 그는 재수 없게 걸렸다는 표정을 짓고는 그냥 스쳐 지나갔다. 샨은 필사적으로 그의 옷자락을 붙잡았다.

"너, 너도 지금 용과 기초 소환 수업 듣는 거지? 용 있으니까!"

"당연하다. 그런데 왜?"

"……위치 알면 데려가 주면 안 될까?"

"꺼져. 내 그림자라도 밟으면 죽인다."

그는 가운뎃손가락을 치켜들고는 복도로 사라졌다. 샨은 시무룩해져서는 무릎을 껴안고 다시 계단에 앉았다. 역시 그놈은 인생에 도움이 안 된다.

앞으로 없는 사람 취급하겠노라고, 그놈에게 다시 도와 달라고 하면 내가 성을 간다고 투덜거렸다.

얼마나 지났을까. 크롬이 다시 복도 너머에서 돌아왔다.

"아직도 그러고 있나?"

"칫! 네가 무슨 상관이야."

"궁상맞은 자식, 따라와!"

그 말을 듣자 샨은 만세라도 외칠 것 같은 표정으로 달려왔다. 크롬이 짜증스럽게 대꾸했다.

"잊지 마라, 네놈에게 희생된 내 로이비드 구두를."

가만히 뒀다가는 구두 장례식이라도 치를 기세였다. 샨은 볼을 부풀리며 그를 따라 쫓아갔다. 크롬이 다시 말했다.

"내 그림자도 밟지 마. 가난 옮아."

샨은 부루퉁한 표정으로 놈의 뒤를 적당한 거리에서 쫓아갔다. 물론 놈의 그림자를 열심히 꾹꾹 밟아 주는 것도 잊지 않았다.

2.

아카데미 복도는 무척이나 복잡했지만, 이번 교실은 특히나 더 그랬다. 두 사람은 걷고, 걷고, 또 걸었다. 그리고 얼마나 걸었을까. 결국 수업 종이…… 쳤다.

복도에 울리는 수업 종을 음미하며 샨이 물었다.

"저기 부자님."

"왜 부르나, 거렁뱅이?"

"우리 또 같은 곳을 돌고 있는데."

"크윽!"

샨은 평온한 눈으로 창밖을 바라보았다. 어차피 인생은 허망한 것이었다. 수업 따위 속세의 아지랑이일 뿐 결국은 인생은 무상한 법이었다.

이미 어제도 수업 하나 날려 먹었으니 까짓 거 하나 더 날려 먹는다고…… 될 리가 있냐!

"길 안다고 하지 않았어?"

"난 지도대로 갔을 뿐이다!"

"그 결과가 이거야?"

현실은 조금도 나아지지 않았다. 그저 조난자가 한 명에서 두 명으로 늘었을 뿐이었다. 그나마 띄엄띄엄 보이던 학생들도 종이 치니 보이지가 않는다. 샨은 좌절했다.

눈앞에 있는 부자 나으리 따위 아무짝에도 쓸모가 없었다.

"대책은 있어? 부자님."

"고, 곧 찾을 거다, 거렁뱅이."

샨은 그의 그림자를 보란 듯이 콱 밟으며 말했다.

"이거 수업 날리면 어쩌지."

"닥쳐! 그게 내 탓인가?"

아아, 우울해. 그런 소리 할 거면 큰소리 땅땅 치지를 말든지. 결국 나아지는 건 하나도 없었다. 이제 두 조난자는 복도를 표류하는 것을 그만두고 또다시 처음 있던 그 계단 위에 웅크리고 앉았다. 크롬이 투덜거렸다.

"아아, 왜 학교를 이따위로 지어 놔서."

샨은 머리를 감싸 쥐었다. 마도 문명이고, 고대 문명이고 간에 교실을 찾아야 일단 수업을 들을 게 아닌가.

크롬은 곰곰이 생각에 잠기더니 입을 열었다.

"비렁뱅이, 일단은 여기가 3층 아닌가?"

"응."

"4층은 그나마 3층보다는 복도가 알기 쉽게 되어 있지 않나? 교실도 별로 없고."

"그렇죠."

"벽 타고 내려가는 건 어떨까?"

샨의 눈이 커졌다.

"벼, 병신 같지만 멋진데?"

그러나 크롬의 표정에는 수심이 가득 찼다. 물론 그런 짓을 한다면 가장 빨리 교실에 도착할 수 있기는 하다. 지도를 보면 교실이 복도 끝쪽 창문과 닿아 있고 위치만 잘 보면 거미처럼 내려가는 것도 일도 아니다. 그러나 샨 같은 문명의 혜택도 받지 못한 저 야만인 비렁뱅이라면 모르겠지만, 자신은 명문 마이어하트가의 후계자이다.

교실을 못 찾아서 벽 타고 내려왔다는 걸 알면 과연 얼마나 많은 자제들이 자신을 비웃을 것인가.

그는 조금 전에 샨이 지었던 눈빛으로 창밖을 바라보았다.

인생은 무상했다.

그는 고요한 마음으로 창문을 타고 내려오는 것과 중간고사 1등을 빼앗기는 것 중 어느 쪽이 더 굴욕적인가를 저울질해 보았다.

그는 큰 결심을 마쳤다.

"가자."

"응."

샨은 엉덩이를 털고는 위층으로 향했다. 그리고 복도 끝, 빈 교실로 들어갔다. 지도에 따르면 바로 이 아래가 수업하는 교실이 맞았다.

문득 인기척이 느껴져서 뒤를 돌아보았다. 책상 사이,

구석에서 단테스가 정말 밖에서는 보이지 않는 오묘한 위치에서 담배를 빨고 있었다.

그와 샨의 눈이 마주쳤다.

"여어, 거기서 뭐 하십니까?"

샨이 어색하게 대답했다.

"교, 교실 찾는데?"

"샨 님은 드래곤 테이머시니까, 용과 기초 소환 듣죠?"

"으응, 맞는데 넌?"

"아, 전 좀 혼자만의 시간을 갖고 싶어서요. 그나저나 수업 시작했는데 왜 안 가시고 여기에……."

그가 뭔가 생각하더니 아아, 감탄사를 내뱉었다.

"죄송합니다, 제 생각만 했네요. 자, 여기요."

그가 내민 건 담배 한 개비였다. 그는 크롬을 향해 물었다.

"아, 친구 분도 한 대 하시겠습니까? 돛댄데."

"……."

그 순간 폭발하려던 크롬을 샨이 몸을 던져 막았다.

3.

샨이 사정을 솔직하게 털어놓자 단테스가 고개를 갸우뚱했다.

"하하하, 이상하군요. 그 길이 그렇게 어렵습니까?"

명백한 비웃음에 크롬이 다시 폭발하려 했다. 샨은 다시 몸을 던져 그를 막았다. 단테스는 은근히 크롬을 약 올리는 걸 즐기는 것 같았다. 그는 담배를 땅에 떨어뜨리고는 발로 밟아 껐다.

"따라오세요, 모셔다 드리지요."

크롬이 물었다.

"지도를 봐도 모르는데, 위치를 아나?"

"당연히 알죠, 제가 그 수업 듣는데요."

샨이 진지하게 물었다.

"다, 단테스, 악마 소환이라도 하는 거야? 아니면 죽은 사람을 부른다거나."

"하하하, 그럴 리가 있겠습니까, 저처럼 순수한 사람이 어디 있다고 그런 짓을."

"……."

"정령사입니다. 제가 마음만은 엘프라서요, 순수한 마음으로 자연을 바라보니 그렇게 되더라고요."

샨은 다시 허망한 눈으로 창밖을 바라보았다. 순수한 마음으로 자연과 하나가 되어 담배를 빨고 있는 그를 보고 있으니 세상사 다 쓸데없다는 깨우침이 파도처럼 밀려왔다.

자연의 법칙은 참 오묘하고도 또 오묘했다.

모퉁이를 돌아서 그는 못 봤던 계단으로 내려갔다.

"단면도만 보면 교실은 3층에서 들어가야 할 것 같지만 사실 4층에 계단이 연결되어 있습니다. 잘 모르면 많이들 속지요."

크롬이 물었다.

"네놈은 그걸 어떻게 아는 거지?"

"저녁 먹기 전에 공지 받았는데요, 지도 보면 헤맬 거라고."

크롬은 생각에 잠겼다. 생각해 보니 그 시간에, 여기까지 올라와 올해 수확량과 작년 수확량을 비교하여 보고하던 수호 기사를 갈구고 있었다. 누군가 오긴 왔었는데 바쁘니까 나중에 오라고 소리도 질렀던 것 같았다.

샨은 한숨을 쉬었다. 아마 딱 사경을 헤맸을 시간이었다. 그러고 보니 양호실에서 붕대를 감아 준 모양인데 양호 선생님이 눈치챈 건 아닐지 조금 걱정이 되긴 했다.

티스가 어떻게든 둘러댔을 것 같기도 하지만.

물론 흑마법을 사용하는 란츠크네 가문과 척을 져서 편히 죽은 사람이 없다고 하기는 하는데.

교실에는 20명 정도 되는 아이들이 모여 있었다. 책상은 없고 대신 바닥에 서역풍의 방석을 깔고 앉도록 했는데 모두 늘어져서는 수다를 떨고 있었다.

"마마, 교수 어디 갔어?"

샨이 고개를 갸우뚱했다.

"아직 도착 안 하신 모양인데?"

이윽고 문이 드르륵 열리며 안경을 쓴 남자가 들어왔다.

"죄송합니다아, 길을 헤매서요."

교수까지 헤맨 거냐! 아니 그렇게 헤맬 거면 애초에 교실을 왜 여기로 잡은 거야!

샨과 크롬, 두 사람은 원망이 담긴 눈으로 교수를 노려보았다. 피부색이 짙고 머리카락은 밝은 회색이었다. 그는 머리카락을 귀 뒤로 넘겼다. 그러자 뾰족한 귀가 드러났다.

학생들의 웅성거리는 소리가 들렸다.

교수님은 출석부를 내려놓고는 방석을 깔고 앉았다.

"모두 둥글게 앉아 주세요. 이 수업은 실기 위주이며 필기도 교과서도 필요하지 않습니다."

아이들은 교수님을 따라 각자 뒤로 물러나 원을 만들었다. 교수님이 말을 이었다.

"만나서 반갑습니다. 제 이름은 인간들의 언어로 해석하자면 '열한 번째 달의 라온'입니다. 보시다시피 다크엘프이며 앞으로 일 년간 여러분의 테이밍과 소환을 가르치게 됩니다."

아방한 인상과는 달리 수업에 들어가니 꽤 똑 부러진 교수님이었다.

"자, 그러면 출석을 부르겠습니다."

용과 기초 소환은 드래곤 테이머들과 정령사 지망생, 그리고 마수 소환사들을 위한 수업이다. 원래는 나누어서 가르쳐야 하는 게 정상이지만 분야마다 따로 편성하기에는 학년을 통틀어도 그 수가 워낙 적었다. 그렇기에 다방면으로 실력 있는 교수님이 필요하다.

드래곤 테이머는 용의 잠재 능력을 끌어내는 것이 우선이다. 용과 정식으로 계약하려면 그 용이 성룡이 되어야만 가능하다. 그렇기에 그동안 어린 용을 보다 강하게 단련시켜야 하는 것이 테이머가 할 일이다.

테이머들은 어린 용이 가진 잠재 능력을 끌어내는데, 그 능력을 자주 끌어낼수록 용은 더욱 강하게 성장한다. 잘 키운 용은 마침내 성룡이 되어 마스터와 정식 계약을 하고, 더욱 강력한 힘을 가지게 된다.

샤은 우선 카이를 다리 위에 앉히고는 한 손으로 카이의 드래곤 스톤을 쥐고 다른 한 손으로 카이의 맥박을 느끼는 데 집중했다.

"처음에는 조금 힘들 수도 있습니다. 그러나 용은 마법 생물이에요. 용의 몸 그 자체가 마력이라고 해도 과언이 아니죠. 아직 탈피하지 않은 용들이기 때문에 마력을 느끼는 건 더 쉬울 겁니다. 눈을 감고 숨을 들이쉬었다가 천천히 내쉬세요, 그리고 드래곤 스톤에 집중하세요. 용의 숨결이, 그 마력이 느껴진다면 동화에 성공한 겁니다."

샤은 그대로 자세를 잡고 눈을 감았다. 뒤쪽에서 정령사들을 따로 가르치는 소리가 들렸지만, 최대한 집중하려고 노력했다.

"마마-, 뭐 해?"

문제는 용도 함께 집중해 줘야 하는 건데 카이는 잠시도 가만히 있으려고 하지를 않았다. 오히려 눈을 감고 있는 샤이 신기한지 자꾸만 말을 걸었다.

"카이도 눈 감아."

"싫어어, 눈 감으면 졸려어."

"자면 안 돼. 눈만 감아."

"시져어."

앞자리에 앉은 크롬은 벌써 용과 동화 첫 단계에 이르

렸다.

"교수님, 마력을 감지했습니다."

"와아! 벌써요? 대단하군요, 크롬 군. 역시 마이어하트 답군요. 가산점을 드리겠어요."

크롬은 그토록 빠르건만 자긴 왜 이렇게 안 되는 건지.

뒷자리에서 단테스가 샨을 향해 방긋 미소를 지었다. 그는 벌써 물의 최하급 정령을 부를 수 있게 되었다. 정령도 단테스가 마음에 드는지 그의 주변으로 물을 뿌리며 빙글 빙글 돌았다.

"정령은 자연이 선택한 소수의 사람만 가능하다던데."

대체 그 자연님은 무슨 선택 기준으로 고르시는 걸까? 그러고 보니 티스가 저놈과는 절대로 말하지 말라는 게 떠올랐다. 엉겁결에 교실까지 안내받았지만 경계심이 풀린 건 아니었다.

샨은 다시 카이를 억지로 앉히고는 정신을 집중했다.

계약을 하는 것도 마법을 쓰는 것도 아니었다. 그저 느끼기만 하면 되는 일이었다. 그러나 수업이 끝날 때까지 결국 아무것도 느끼지 못했다.

교수님은 한숨을 쉬며 샨에게 말했다.

"샨 군, 숙제예요. 다음 수업까지 완전히 느끼셔야 합니다. 이것도 못하시면 다음 진도를 나갈 수 없어요."

벌써부터 낙제생 취급이었다. 뒤에서 크롬이 무심히 한 마디 내뱉었다.

"꼴통."

샤은 울컥 화가 치밀었다. 이렇게 된 거 반드시 크롬만큼은 뛰어 넘고 말리라 결심 또 결심했다.

수업이 끝날 때까지 그 시간 내내 머릿속이 카이와 동화를 할 생각으로 가득 찼다. 용을 느낄 수 있다면 샤도 마나를 사용할 수 있게 된다.

마나를 사용할 수 있다면 마법이나 검기 역시 사용할 수 있고 그걸로 몸을 단련시킬 수 있다. 한 사람의 무인으로 일어설 기회이다. 이것만 가능하다면 형들에게도 아버지에게도 인정받을 수 있다.

샤에게는 이것만큼 절실한 게 없었다.

티스가 놀러 가자는 꾐에도 샤은 꿋꿋이 고개를 젓고는 도서관에 가서 용에 관한 책을 잔뜩 빌려 왔다.

"마마, 뭐 해?"

"이해를 하지 못한다면 읽기라도 해야지. 분명히 뭔가 단서가 있을 거야."

샤, 자신은 분명히 남들보다 둔한 편이었다. 그러나 책을 읽는 것만큼은 자신 있었다. 걸음마를 뗀 이후로 늘 그래 왔으니까. 그러나 책 하나하나가 5킬로그램이 넘는 전문 서적들이었다. 하드 커버가 얼마나 두꺼운지 그냥 흉기로 써도 끄떡없을 것 같았다.

학생들이 스쳐 지나갈 때마다 책더미가 흔들흔들거리기 시작했다. 샨은 불안한 마음을 억누르고는 겨우겨우 한 걸음씩 내디뎠다.

짐작대로 복도 모퉁이를 도는 순간 책이 무너졌다. 샨은 비명을 지르며 눈을 감았다. 역시 욕심을 차린다고 한 번에 많은 책을 빌린 게 잘못이었다. 양호실을 한 번 더 가야 하나 생각하고 있는데 어째서인지 아프지가 않았다.

샨은 눈꺼풀을 사르르 열었다.

율케스가 책을 받쳐 들고 있었다.

"괜찮나?"

"아, 응, 고마워."

"가자."

그는 열 권 중 여덟 권을 한 손에 들고는 기숙사로 향했다. 힘도 힘이지만 균형 감각도 남달랐다.

샨은 얼굴을 조금 붉히며 마나를 익히게 되면 꼭 율케스처럼 되고 말리라 하고 결심했다.

기숙사에 도착하자 율케스는 샨의 책상에 책을 모두 내려놓았다.

"지금부터 공부하려고?"

"응, 하루 종일 걸릴 것 같아."

"그렇군."

"율케스는?"

"해가 지면 외출."

역시 그렇구나. 샨은 군이 외출해서 뭘 할 건지는 묻지 않았다. 그러고는 그나마 가장 얇아 보이는 책을 꺼내서 커버를 펼쳤다.

4.

용과 동화를 하게 되면 용의 마력을 끌어 쓸 수 있게 된다. 인간보다 압도적으로 많은 마력을 가지고 있는 용은 자신과 함께할 마스터에게 마력을 제공한다. 그러나 용의 마력을 인간이 다루는 건 지극히 어렵다.

사람이 소금물을 마시는 것과 같은 이치다. 사람의 마력과 용의 마력은 농도와 성질이 다르다. 무턱대고 끌어 썼다가는 죽을 수도 있다. 그렇기에 더욱 수련이 필요하다.

"에, 또…… 그다음 단계는 마스터가 직접 용을 변신시킬 수 있게 되며 또 나중에는 직접 인간과 같은 모습으로 바꿀 수 있게 된다……. 이건 턱없이 높은 경지잖아."

샨은 한숨을 쉬고는 책상에 엎드렸다.

어디도 용의 동화에 대한 설명이 나와 있지 않았다.

그저 그게 기본 단계이고 거기까지는 용과 인연을 맺은 테이머라면 누구라도 할 수 있다고만 쓰여 있었다.

샨은 한숨을 쉬었다.

"카이, 난 정말 소질이 없는 걸까? 크롬 녀석 말대로 정말 꼴…… 아, 생각하지 말자."

샨은 엎드린 채로 고개를 도리도리 저었다.

이러다가는 정말 아무것도 못하고 절망의 늪에서 허우적거릴 것만 같았다.

"마마, 바보 아니야! 마마는 똑똑해!"

"고맙다."

샨은 카이를 껴안았다. 그래도 알고 있었다. 어린아이는 언제나 자기 엄마가 세상에서 가장 최고로 보인다는 걸.

카이 역시 마찬가지였다. 카이의 눈에는 샨이 세상에서 가장 똑똑하고 위대한 주인으로 보일 게 분명했다.

그래도 안 되는 건 안 된다.

아무리 노력해도 되지 않는 게 있긴 있는 모양이었다.

"으으, 이런 절망하면 안 되는데, 안 되는데."

바동거려 봐도 어떤 책에서도 해답은 나와 있지 않았다. 이대로라면 정말 크롬에게 비웃음당할 게 분명하다.

오늘 일로 다른 아이들도 내심 샨을 비웃었을 게 분명하다.

어느 교실이나 낙제생은 있다.

단지 그게 자신이 되는 게 끔찍하게 싫었다.

"아아, 몰라! 카이 자자!"

이대로 있다가는 정말 진정한 절망이라는 걸 맛볼 것만 같았다.

샨은 침대에 누워서는 이불을 덮었다. 카이가 날개를 퍼덕여 샨 옆에 앉았다.

"마마, 같이 자도 돼?"

샨은 이불을 들어 카이가 들어올 공간을 만들었다.

"들어와."

카이는 이불 속으로 파고들더니 샨에게 이마를 비볐다. 기분 좋은 감촉에 샨은 까르르 웃었다.

"마마, 카이는 마마가 세상에서 제일 좋아."

샨이 대답했다.

"나도 카이가 세상에서 가장 좋아."

카이는 샨의 대답이 기분 좋은지 샨에게 다시 몸을 비볐다. 샨은 깔깔 웃으며 카이를 꼬옥 안아 주었다.

"잘 자, 카이."

"마마도 잘 자."

샨은 그렇게 깜빡 잠이 들었다.

웅웅거리는 소리가 들렸다. 샨은 졸음을 힘겹게 쫓으며 눈꺼풀을 열었다. 웅웅거리는 소리의 정체는 일어나라는 티스의 외침이었다.

"……일어나!"

"응? 벌써 아침인 거야?"

"얌전한 고양이 부뚜막에 먼저 올라간다더니만 기어이 사고 쳤구나. 이거 어쩔래?"

"사고를…… 쳤다니…… 그게 무슨."

샨은 졸린 눈을 겨우겨우 열었다. 시야가 환해졌다. 문득 몸이 무겁다는 사실을 깨달았다. 새하얀 무언가가 샨의 몸 위에 올라가 있었다.

어쩐지 몸이 무겁다 했다.

샨은 손으로 눈가를 비비며 앞을 보았다. 형체가 점차 뚜렷하게 보였다.

그건 사람이었다.

"허억!"

순 은색 머리칼의 미소녀인지 미소년인지 모를 자가 샨

의 위에 올라타고 있었다. 샨은 자신의 인생을 걸고 맹세하건대 세상에서 이렇게 아름다운 사람은 본 적이 없었다.

샨이 그를 쿡 찔렀다.

눈송이가 앉을까 싶을 정도로 긴 속눈썹이 움찔거렸다.

"누, 누구세요?"

티스가 물었다.

"뭐야, 아는 사람 아니야? 술이라도 먹은 거야?"

샨이 고개를 저었다.

"아냐 아냐, 나 계속 책 읽다 잤는걸."

은발의 누군가 천천히 눈을 떴다. 엄청나게 크고 아름다운 눈이었다. 마치 저녁노을의 금빛을 뽑아서 박아 넣은 것 같은 그런 빛이었다. 그, 아니 그녀인지 모를 누군가는 이마를 찌푸리더니 우웅 소리를 냈다.

"좋은 아침이야, 마마."

목소리 역시 아름다웠다. 그러나 어디선가 들어 본 적 있는 것 같은 목소리였다. 그는 샨의 뺨에 자신의 얼굴을 비볐다.

샨이 되물었다.

"저, 정말…… 누, 누구세요?"

그는 고개를 갸우뚱거렸다. 은색 머리카락이 물결처럼 흘러내렸다. 은빛 머리카락 사이로 핏방울처럼 붉은 입술이 천천히 열렸다.

“우웅, 마마, 무슨 소리 하는 거야아?”

샨이 다시 물었다.

“정말 누구시냐고요?”

5.

은발의 소녀, 아니 소년일지도 모르는 그가 샨을 바라보았다. 이불이 그의 피부 위를 가볍게 미끄러져 내려갔다. 개미가 밟고 가다 미끄러질 만큼 티없는 피부였다. 그의 가슴이 밋밋한 것으로 보아 남성인가 싶었다. 그런데 그가 기지개를 켜고 샨에게 와락 안기자 다리 사이가 보였다.

없었다.

비단 남성기를 뜻하는 게 아니었다. 여성이라도 인간이라면 있을 그곳에는 아무것도 없었다. 샨이 얼굴을 붉히며 고개를 돌렸다.

“누, 누구신데 그러세요?”

“우웅, 마마…… 무슨 소리를 하는 거야?”

목소리만 들으니 알 것 같았다. 이건 카이의 목소리였다. 샨이 뭔가를 물어보려는 찰나 누군가가 문을 노크했다.

티스는 시트로 카이를 감추고는 문을 열었다.

"무슨 일인데?"

문 앞에는 바스커빌가의 마돈나, 지젤이 서 있었다.

"뭐야? 왜 그렇게 문을 안 열어?"

생긴 것과는 다르게 상당히 말투가 거칠었다. 그녀는 긴 속눈썹을 몇 번 깜빡이다가 입을 열었다.

"기숙사 안에 침입자가 나타났대."

"침입자?"

"아, 몰랐어? 블루 타워 교복에는 각각의 식별 마법이 들어 있어서 우리 기숙사 소속이 아닌 사람이 들어오면 바로 경보가 울리는 모양이야."

"그……런 것도 있구나."

"응, 선배들의 신경이 좀 날카로워졌어. 잡으면 산 채로 회를 뜨겠대. 수상한 사람 있으면 학생회로 바로 신고해. 분명히 전달했다."

"알았어."

그녀는 샨을 향해 가볍게 눈웃음을 쳤다.

"그럼 이만."

샨은 어색하게 손을 흔들었다. 문이 닫히자 그제야 이불 속에 파묻혀 있던 카이가 얼굴을 내밀었다.

"마마, 답답해에."

샨이 물었다.

"이거 어떻게 된 거지? 왜 카이가 인간이 된 거야?"

티스가 이마를 찌푸리고는 문가에 기댔다.

"내가 묻고 싶은 말이다. 분명히 용을 인간으로 만드는 마법은 상당한 고등 마법으로 알고 있는데. 아니, 그전에 블루 타워에 침입자가 들어왔다고 했지?"

샨이 몸을 벌떡 일으켰다. 그 침입자는 카이를 말하는 게 틀림없었다.

"일단 교수님께 알리면……."

"그건 당연한 거고 문제는 어떻게 나가냐는 거지."

밖은 아직도 소란스러웠다. 선배들이 칼이니 지팡이를 들고 복도를 지나갔다. 붙잡히면 장대 꼭대기에 걸쳐 놓고 화형이라도 시킬 기세였다. 샨은 끄응, 신음을 질렀다.

"그냥 솔직하게 말할까?"

"뭐? 자고 일어났더니 우리 용이 사람이 되었습니다. 이 녀석은 침입자가 아니라 실은 제 용입니다……라고 하려고? 너라면 믿겠냐?"

기숙사 안은 무슨 폭동이라도 일어난 것만 같았다. 블루 타워 학생회장부터 학생회 말단 임원들까지 무기를 꼬나 쥐고 있었다. 티스가 문틈으로 슬그머니 밖을 바라보았다.

"방 하나하나 검문 중이야. 이러다 걸리는 건 시간문제야."

그렇게 말하며 초조해졌는지 담배를 입에 물었다. 율케스가 그의 담배를 뺏어 들었다.

"기숙사 안에서는 금연."

"쯧! 어차피 하나 걸리나 둘 걸리나."

율케스는 담배를 발로 밟아 끄며 냉정하게 입을 열었다.

"하나도 걸리면 안 되고 둘도 걸리면 안 된다."

"이런 이런 못 당하겠다니까."

티스는 머리를 긁적이더니 창밖을 바라보았다. 푸른빛이 유영하는 호수 밑바닥을 바라보다가 이윽고 결심을 굳혔는지 샨을 돌아보았다.

"내키지는 않지만, 방법이 딱 하나 있긴 한데 말이야."

"뭔데?"

"단테스…… 녀석이 필요해."

"……진짜?"

"그리고 샨, 네가 가야 도와줄 거다."

그 말에 샨은 말문이 탁 막혔다.

"내가 가야 한다고?"

"나라고 보내고 싶어서 보내는 건 아니야."

티스는 짜증스러운 목소리로 말했다. 그 말에 샨은 주저 없이 몸을 일으켰다. 그러자 뒤에 있던 율케스가 입을 열었다.

"나도 간다."

샨이 조금 놀란 눈으로 바라보았다. 율케스는 담담하게 한마디 덧붙였다.

"혼자 보내기는 불안하니까."

조금 감동하려던 찰나 그가 검을 챙기며 한마디 덧붙였다.

"그놈이 허튼짓한다고 해도 네가 야무지게 칼을 쑤실 것 같지도 않고."

쑤시다니, 샨은 볼을 부풀렸다.

굳이 검을 든 사람을 상대하기 위해 이쪽도 검을 들 필요는 없다. 알테리온가에서는 맨손으로 상대의 검을 빼앗을 수 있는 다양한 호신술을 가르쳤다. 물론, 상대가 방심해 있거나 검기를 사용할 줄 모르는 자일 때나 통하는 기술이지만.

율케스는 각설탕 두 개를 입 안에 넣고 혀를 굴렸다. 깔깔한 각설탕이 녹아갔다. 달콤한 감촉을 혀끝으로 굴리며 그는 문을 열어젖혔다. 한쪽 귀에 단 귀걸이가 작게 짤랑였다.

"가자."

샤도 몸을 일으켰다. 그때 티스가 한마디 덧붙였다.

"참! 넌 인형이다."

"뭐?"

"그놈이 이상한 질문하면 대답하지 마. 모르는 척 눈만 깜빡여. 인형이라고 생각해. 생긴 것도 똑같잖아. 네 본분은 그 예쁜 얼굴을 지키는 거야."

샤은 쾅 소리가 나도록 문을 닫았다. 티스는 눈 하나 깜빡이지 않고 말했다.

"하여간 앙탈은."

〈다음 권에 계속〉

부록

설정집

1. 학생복
(SCHOOL UNIFORM)

학교를 다니는데 교복은 필수! 여러 장면에서 독특한 학생복을 많이 보셨을 겁니다.
과연 무슨 '교칙'이 있길래 저리 다른 교복들이 나올 수 있는 것일까요?
한 번 알아보자구요.

특징1: 클래스 표식

학생들이 사용하는 큼지막한 표찰에는 각 탑을 상징하는 고유한 그림들이 그려져 있습니다.
오래전부터 사용해 왔던 표식으로 표찰 제작자마다 약간의 차이가 있지만, 상징물은 반드시 그려져 있어야 합니다.

특징2: 난 좀 특별한 아이다.

학생복에는 어느 탑에 속했는지 뿐만이 아니라, 내가 어떤 집안에서 태어났고, 어떠한 업적을 가지고 있는지 등도 알아볼 수 있게끔 제작되어 있습니다.
(많은 학부모들이 강력히 주장했던 사항이죠) 표찰에는 사선으로 이름표가 붙여지는 데, 업적 사항이나 집안의 이름도 붙일 수 있지요. 예를 들자면, '블루 타워 총학생회장', '마이어하트가', '검술 대회 3연속 우승자' 같이 말이죠. 많이 붙여질수록 입지가 크다는 뜻이겠죠?

평상복

뱃지
소속, 지위 등을 나타냄!
상급 드래곤 소지자
도서 수집부
알파도
관심 학생
블루 타워 학생회
명찰
넥타이
RED TOWER
WHITE TOWER
BLUE TOWER
기장
가문이나 전통, 또는 종교에 따라 자유롭게 수선하는 것이 허용됩니다.
넥타이 홀더
반 별로 모양이 다릅니다!

수련복

수련복

수련복은 예법 수업, 검술 수업, 대련, 대외 활동을 할 때 입는 옷으로, 평상복보다 좀 더 많은 수호 마법이 걸려 있는 고품질의 의상입니다. 오른쪽 어깨에 견갑과 망토가 휘감긴 형태로, 이 의상을 멋지게 수선(의뢰)하는 것은 여학생들에게 유행처럼 번져 있죠.

마법 장갑 설정 스케치

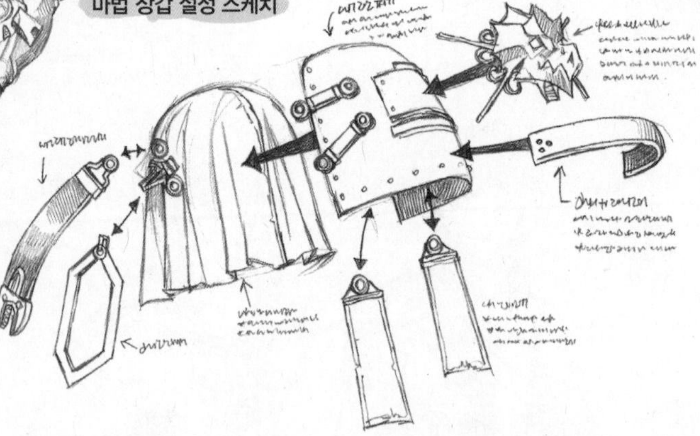

견갑의 구성

견갑 장식

견갑 장식 역시 학생들의 개성에 맞춰 고를 수 있습니다.
주로 집안의 상징물이나 동물을 새기죠.

율케스

샨

지젤

티스

단테스

넬

커스터마이징

학생들은 자신들의 개성을 사랑합니다.
예시를 보시죠!

매직 나이트

드래곤 나이트

제너럴

엘리멘탈 위저드

DREAMBOOKS★

DREAMBOOKS

DREAMBOOKS